致十年後的你
天澤夏月
27.07.25

致十年後的你

天澤夏月

輕文學
Light Literature

一、淺井千尋

——我喜歡鈷藍色的蠟筆。所以蠟筆盒裡總是只有那枝蠟筆特別短。

＊

說到時光膠囊，通常都是年齡到達某個階段時，再召集同班同學一起打開的東西。裡頭裝著寫給未來的自己的一封信——現在的自己，與過去自己所描繪的未來自己，面對現實與理想的差距，儘管感到愕然，卻也能一笑置之。時光膠囊就是這樣的東西。

『要號召全班同學一起挖出來太麻煩了，就照班級通訊錄的順序傳下去吧。』

就在高中二年級的夏天，我收到了時光膠囊，以及上述訊息。它被粗魯地塞進我家的信箱。

時光膠囊寄來家裡，光是這一點就已經挺奇怪了。

打開鼓成一大包的立體信封袋後，裡面裝著一封較小的茶色信封。信封上龍飛鳳舞地寫著上述文字，以及說明主旨：這是小山丘第六小學一年一班製作的時光膠囊。打開

POST OFFICE
PRIORITY MAIL INTERNATIONAL SERVICE

後，裡頭塞滿了各式各樣的信封，還有一張紙，是令人懷念的通訊錄。

翻過信封，背面寫著注意事項。

請嚴守下述規則：

．只拿自己的，不看別人的（保護隱私）。

．不對他人的時光膠囊惡作劇（高中生不幼稚）。

．看完後，寄給通訊錄上的下一個人（身為同學的義務）。

我目瞪口呆，心想這時光膠囊的處理方式未免也太隨便了吧。尤其是第一項，根本不可能遵守啊。

寄件人是木村陽子。我想不起她長什麼樣子，但這個木村大概是班長之類的，所以把時光膠囊寄給我。因為我在班上的號碼是一號，恐怕是第一個收到時光膠囊的人吧。從左上開始，由左往右，由上至下排成兩欄，最後結束於右下角的通訊錄，是依照班上的座號編排而成的。

我不經意地望向通訊錄的右下角。

矢神耀。

班上最後一號。

我用食指慢慢地描繪他的名字後，左胸一帶像是心臟緊縮了一下，心跳不已。

我在一大堆信封中翻找，找出自己寫的信，和寫著「矢神耀」名字的信。信封用膠水黏住，但只要小心翼翼地打開再黏回去，應該看不出拆封的痕跡吧。況且，早已有好幾個信封都開封了。是木村開的嗎？還是經過漫長的歲月，膠水自然失去黏性了呢？無論如何，這樣會被人看光光的。

「……要幫他們黏好嗎？」

我並非是想要減輕自己打算偷看別人信件的罪惡感，才決定把其他所有已經打開的信封重新用膠水黏好。於是，我從鉛筆盒裡拿出膠水。上頭沒有標明期限，所以等我想寄的時候，再寄給下一個人就好了吧。我決定等膠水乾了之後再寄。

我先將矢神的信擺在一旁，拆開我自己的信封。

淺井千尋小姐：

十年後的我，妳好嗎？妳現在變成了一個怎麼樣的高中生呢？希望妳已經變成一個對人溫柔，開朗又聰明的高中生。

「呵呵……」

千尋。是把「千」寫成「干」了吧。話說回來，我以前好像經常寫錯呢，現在也完全不符合過去的我所期待的內容。對不起喔，十年前的我，現在的我個性乖僻，不太開朗，也不是特別聰明。

反正，現實就是這樣。我世故地如此想著，移動視線，閱讀下一行。

我現在非常難過，因為跟小耀吵架了。就連在寫時光膠囊的這時，我們也完全沒有講話。小耀馬上就要搬家了，我想在他搬家前跟他道歉，但可能做不到。

眉心聚起皺紋。

啊啊，對喔。矢神轉學時，正好是這個季節吧——我望向窗外，蔚藍的天空飄浮著宛如霜淇淋的積雨雲。沒錯，記得那好像也是在夏天，快要放暑假的時候，我跟他吵架了。我對於沒有跟他和好一事耿耿於懷——然後，漸漸遺忘。不對，正確來說，是不再想起這件事。確實有些記憶，不去回想就會慢慢淡忘。不過，像這樣收到時光膠囊後，我卻最先去找他的信，還真是現實呢。

我想拜託妳。如果十年後，我還是沒跟小耀和好的話，請妳去小山丘美術大學找他。還沒吵架之前，我跟他約好要讀那所學校。假如妳在那裡遇見他的話，這次一定要跟他和好，把鉛筆還給他。

我也會從現在開始努力又努力地成為高中生，然後，考上小山丘美術大學。

結尾很奇妙的信件內容，文字語氣大多顯得有些自以為是，不過，真要說的話，好像是我有錯在先。我已經記不得我們為什麼吵架了。努力又努力的奇怪國語是還滿可愛的，但有太多難以理解的部分，令我感到疑惑。

「小山美啊……」

位於本地小山丘上的小山丘美術大學——通稱小山美，是一所知名的美術大學，校園和在那裡就讀的學生都充滿藝術氣息。記得從我曾經就讀的小學，走路約二十分鐘就能抵達，或是爬上小學頂樓，就能一覽無遺。我小時候的確很憧憬那裡，與其說是想要成為畫家，倒不如說只是莫名地嚮往那個地方。

如今我已經成熟到了解靠繪畫維生是怎麼一回事，小山美自然不在我的未來規劃內。況且，我根本沒打算讀美術系。大概會進入四年制大學就讀，隨便找個工作，繪畫就當作興趣，繼續畫下去吧。這就是現實。

而且，如果只是要向矢神道歉，只要知道他的聯絡方式就可以了，根本不需要考上小山美。

不過，通訊錄上的電話應該打不通了吧。我盯著紙張，怔怔地思忖著。照理說，他早就因為搬家而轉學了。這樣的話，矢神前一號的人要怎麼把時光膠囊寄給他呢？都已經搬家十年了，再怎麼樣也不可能託人轉交了吧。

對不起喔，十年前的我。我應該沒辦法幫妳實現心願了。

突然沒心情打開矢神的信了。我害怕他寫的信裡，完全沒有提到十年前的我——

反正，暫時寄放在我這裡，也沒有人會抱怨吧。

我將自己和矢神的信放回信封中，輕輕地將它收進床底下。

*

矢神耀，曾是個和櫻花十分相襯的少年。

小學一年級的春天，坐在我前面的男生，後腦杓黏著櫻花花瓣。想必是在校門口一帶，被風捉弄了吧。我不假思索地伸出手指幫他拿下花瓣，可能是感覺到有人碰他吧，他回過頭，與我對上視線。

由於他擁有一頭閃亮有光澤的黑髮，以及一雙圓滾滾的眼睛，乍看之下，還以為是女孩子。不過，他的髮型是短髮，穿著打扮也很像男生，而且書包是黑色的。目光交會後，他沒有閃避視線。照理說一直被人盯著看，會想要移開視線才對，但我卻莫名被他的眼瞳吸引，也不自覺直勾勾地凝視著他。

不知道過了幾秒。

「啊！」

少年似乎總算看見我用食指捏住的櫻花花瓣，發出了聲音。

「妳的指甲，跟櫻花的顏色一樣。」

他突然冒出這句話，笑得天真無邪。

矢神喜歡的，是櫻花色的色鉛筆。

依照座號——也就是所謂的名字順序來排，他是最後一號，但因為視力不佳，他坐在我前面的位子。事實上，他的眼睛也似乎真的不好，總是貼著空白筆記本畫畫。

他用B鉛筆精細地畫完線後，再用色鉛筆全神貫注地上色。就像一開始會從著色畫的輪廓開始上色一樣，從外側慢慢塗向內側，小心地塗，避免超線。春天時，他經常畫櫻花。休息時間會走到室外，撿起掉落在地面的櫻花，再畫在空白的筆記本上。坐在他後面的我，可以看見全部的過程，不知不覺間，我開始對矢神感興趣。

他有點奇怪，不知道為什麼，總是撿一些怪異的櫻花。像是還含苞待放就掉落在地的樹枝、單單一片花瓣，有時甚至還會把櫻花的樹皮帶回來。總而言之，就是不會撿回正常的「櫻花」。不對，正是因為像是「撿回來的」，所以才會缺東少西的吧。

「你為什麼要撿那個回來？」

有一次，我終於忍不住問他。那一天，矢神撿回來的櫻花，花瓣少了三片，只剩下兩片。

矢神回過頭，將他圓滾滾的雙眼瞪得更大，反問：

「妳是指什麼？」

「因為，還有許多更漂亮的櫻花吧。」

就算不是掉落在地面的櫻花，雖然有點可憐，但可以稍微折斷一點樹枝……或是畫一整棵櫻花樹也行啊。

「唔——」

矢神有些難為情地抓了抓頭。

「感覺畫畫很厲害的人，會故意挑這種東西來畫。所以我在模仿他們。」

「是這樣嗎？」

我還是第一次聽到這種事。

「就像是……殘缺之美？」

矢神想要使用不知道是哪裡學來的艱澀詞彙，眉心聚起皺紋……不過，最後還是伸了伸舌頭，笑道：「呃，其實我也搞不太懂。」

「不過，只為了這個原因就攀折樹技，樹木也太可憐了。所以我才想說，撿掉在地上的東西就好。」

他的表情很平易近人，我也跟著笑了。

「我想看看你其他的畫。」

矢神點了點頭，有些害羞地讓我看他的空白筆記本。

現在回想起來，那是我第一次跟他說話。從此以後，我和矢神經常一起畫畫，互相欣賞彼此的畫作。

*

高中二年級的我，就讀的是青崎高中。是縣內小有名氣的公立升學學校，歷史也很悠久，所以校舍十分破舊。據說因為還設有夜間部的關係，設備耗損得非常嚴重，這是不能對外公開的祕密。尤其是美術室，設備老舊，現在還沒有裝空調。即便把窗戶敞開，吹進來的也都是熱風，因此汗水滴個不停，盛夏時，甚至連穿在夏季制服外的圍裙都滲出鹽分。今天也是，從很早之前開始，我的瀏海就貼住額頭，就算甩動頭部，也緊黏不放。

「啊～～真是討厭！」

因為太鬱悶，我不自覺地用拿著調色盤的右手去撥弄額頭。

「啊！」

討厭的觸感。沾到顏料了嗎？我立刻想起身到廁所確認，但突然想起這個時段豔陽高照，離美術室最近的廁所有如三溫暖一樣悶熱，因而打消了念頭。我唉聲嘆了一口氣，重新面對畫布。不管疊上再多顏色，還是令人完全不滿意的暗色畫布，安靜地回望著我。

「……算是失敗作吧。」

我低聲自言自語後，突然冒出一道聲音：

「會失敗嗎？」

是三年級的松島學長。明明今年是考生，暑假還是經常到社團露臉，令人替他捏一把冷汗。

「畫得很漂亮啊。我倒覺得很有淺井妳的風格。」

他從後方伸出頭來偷看，我嘟起嘴回答：

「什麼叫很有我的風格？我才不要呢，這麼黑暗。」

「妳的畫大多很黑暗啊。」

松島學長滿不在乎地笑道，無法反駁才讓我覺得更加難受。

「為什麼不用藍色？這是大海吧。加入藍色的話，對比會比較強烈不是嗎？」

我還是嘟著嘴，將畫筆夾在鼻子下，發出低吟。

「因為我決定不用藍色。」

「妳老是這麼說。到底是為什麼啊？」

「……就是說啊，這是為什麼呢？」

連我自己也突然感到疑惑。等我意識到的時候，顏料盒中最後總是只剩下藍色。即使有時會用來調色，我卻從未在畫布上塗抹藍色。

「妳問我，我問誰啊？」

學長露出苦笑。

「我老是想不明白，妳並不討厭藍色吧，妳的隨身物品還滿多藍色系的東西啊。」

像是手機、鉛筆盒……還有筆記本，也會立刻想用藍色的原子筆來寫字。的確，只有畫畫，不知為何，我從未使用過藍色。

「……我以前，很喜歡鈷藍色的蠟筆。」

我像是回憶過往似地，慢慢地述說。

「是喔。」

學長隨聲附和。沒錯，我以前喜歡鈷藍色的蠟筆，非常喜歡。

「可是，有一天，那枝蠟筆突然從蠟筆盒裡消失了……」

「消失？」

我也歪了歪頭。

為什麼弄丟了呢？明明是那麼珍愛的顏色，既然弄丟了，為什麼不讓家人買一枝新的給我？

「我就覺得……那是不能使用的顏色。」

「為什麼？」

「……就是說啊，為什麼呢？」

再次說出疑問句，因為我自己也不知道。

不過，我隱約覺得，理由似乎就存在於那個已經被我淡忘的，我和他的回憶之中。仔細想想，以前的我畫出來的畫，並不像松島學長所說的那樣黑暗。

「這樣啊……感覺好像永久缺號一樣呢。」

學長脫口而出的這句話，不知為何，令我心頭一震。

「沒有啦。就是啊，像是棒球的話，會不再使用王牌選手的背號，讓它永久缺號。我在想是不是跟那個意義一樣，感覺像是畫出了驚世傑作，所以讓藍色永久缺『色』。」

「當時我才小學耶。」

我認為不是那麼偉大的理由。

不過，感覺滿類似的。藍色是特別的顏色，也許正因為特別，才讓它在顏料盒中消失，從不在我的畫作中使用它。

「……話說回來學長，你不用念書嗎？」

回過神來，發現太陽已然西沉。

「不用、不用，別看我這樣，成績還挺好的。」

「學校的成績跟應試是不一樣的，你要是小看考試，可是會吃苦果的喔。」

「到底妳是考生，還是我是考生啊？」

接著，松島學長看著我的臉，笑道：「妳的額頭沾到顏料了啦。」

我們是在今年春天開始交往的，對我來說是高中二年級的春天，對學長來說則是高中三年級的春天。

我們本來感情就很好。美術社人不多，沒什麼社員，我那年只有三個人入社。其中兩個人是男生。松島學長那一屆還滿多人的，大約有六名社員，不過除了松島學長以外，其他都是女生。

包含顧問在內，社團的女生大多很文靜，松島學長跟我算是比較多話的人——說得難聽一點，就是缺少一點文化藝術氣質，所以很投緣。一開始是松島學長先來調侃我，說我的畫很黑暗，不符合我樂天派的個性，不久後，學長與學妹、朋友與戀人之間的界線變得模糊不清。

我留著一頭沉重的中長鮑伯黑髮，身穿整齊樸素的制服，並擁有一張蒼白的臉孔。別人偶爾會說我長得像娃娃一樣，但算不上是美女。雖然有朋友，但不多。成績中上，繪畫才能一般，美感灰暗。我個人的品味都這樣了，學長的品味大概也高不到哪裡去。

「——井，淺井，喂。」

「咦？啊！我在，有何貴幹？」

「還有何貴幹咧！」

松島學長笑著戳了戳我的臉頰。

「看妳在發呆，是在想什麼？」

社團活動結束後，我經常在麥當勞陪學長念書。雖然有時不是去麥當勞，但基本上都會去那。當學長一根接著一根慢慢吃著對身體有害、底部的馬鈴薯開始軟掉的薯條時，通常代表他已經念書念膩了。明知道我不在，學長才能專心念書，但學長開口邀約，學妹總不好拒絕吧。

「學長，你玩過時光膠囊嗎？」

無可奈何之下，我只好開口陪學長聊天。

「時光膠囊啊，真令人懷念呢。我是有做過啦，但還沒打開。當初約好二十歲才要打開。」

「我想也是。不知為何，我們學校小一時就做了時光膠囊。」

「未免太早了吧，根本沒什麼回憶可以放進時光膠囊嘛。」

「是很早沒錯，而且是第一學期的學期末。不過，是寫信給未來的自己，算是教學的一環吧。跟回憶沒什麼關係就是了。」

於是，所有人在還搞太不清楚時光膠囊是什麼的情況下，用剛學會的平假名寫信，放入時光膠囊，埋進校園的一角。有一陣子，男生惡作劇想把時光膠囊挖出來，結果被老師罵，但班上同學馬上就忘了它的存在——包括我。

「所以，那個時光膠囊現在怎麼樣了？」

「前陣子，寄到我家了。」

松島學長露出目瞪口呆的表情，然後笑說：「不是吧……」
「為什麼是用寄的？不是時光膠囊嗎？應該要用挖的吧？」
「好像是因為召集全班同學一起去挖太麻煩了，就決定一個人把它挖出來，然後按照通訊錄的名單順序輪流寄給下一個人。傳閱時光膠囊耶，一點兒隱私都沒有。」
「這樣啊。處理方式還真是隨便呢。」
「老實說，誰會記得小一同學的聯絡方式啊。大概是班長接到學校的聯絡後，覺得辦活動太麻煩了，就自己決定傳閱時光膠囊了吧。」
「這樣啊……所以呢？」
松島學長露出狡黠的笑容看著我。
「所以什麼？」
「妳的信，寫了什麼？」
我有點慌張。
「呃……沒寫什麼啊，就寫些有沒有順利當上高中生啊，這類的事。」
我沒有提起矢神的事。
「高中生這一點有符合耶。怎麼，當初早就決定要什麼時候挖了嗎？」

「當初應該有決定是十年後吧。小一過了十年，就變成高二了。」

「是喔。離我第一次背小學書包，已經過了十年以上了啊。」

幹嘛一副感慨萬千的樣子啊。明明學長才十七歲，連A片都不能看，但我猜他一定有偷看。

「你這樣很像大叔耶，不要一副感慨的樣子好嗎？」

「在小學生的眼裡看來，高中生就跟大叔差不多吧？」

「你是想拐個彎說我也是個大媽嗎？」

「妳還年輕啦，不用擔心。」

「……你對一個消極負面的人說別擔心，反而會害她不安喔。難道你不知道這個法則嗎？」

「妳會消極負面嗎？姑且不論妳的作品風格。」

「我在班上算是滿開朗的。但是跟比自己積極正面的人在一起，相對而言就會變得消極負面。」

「咦！我會積極正面嗎？妳這是在誇獎我嗎？」

「對啦、對啦。所以請你積極正面地念書吧。」

現在不是說廢話的時候，無論是對我還是對學長來說。

「我知道啦，我知道，我知道。」

松島學長拿起一根軟趴趴的薯條，扔進嘴裡，翻動始終停留在同一頁的單字本。

夏天的太陽緩緩地沒入地平線時，我們像是抵擋不了店員施加的壓力般，離開了麥當勞。學長說他要去補習班的自習教室，接下來才要認真念書吧。跟我在一起念書，肯定念不進腦子裡。

我們到車站的路程是順路的，所以並肩行走。明明是肩膀快要撞到的距離，奇妙的是，我們卻沒有牽手。學長的右手偶爾會碰到我的左手背，就像敲門一樣。這種時候，不知為何，我就是無法巧妙地鬆開自己緊握的手。

「妳明天也會去社團嗎？」

「對，那幅畫是要用在文化祭上的，還得再畫兩幅。」

「妳的畫在去年的文化祭也廣受好評吧。不論是素描還是用色，都有種纖細又大膽的感覺。」

「但很黑暗就是了。」

「我是說很有個人風格。」

「話說回來，我還沒問過妳。」松島學長探頭望向我的臉。「妳有在想以後的出路嗎？」

我的心臟震了一下。

「出路嗎？」

「也就是說……考美大之類的。」

「咦～我沒有美術天分啦。」

我努力一笑置之。沒錯，我沒有美術天分，完全沒有。

「會嗎？我倒覺得妳很有才華呢。妳以前不是有去上專門教繪畫的教室嗎？」

「是有上過啦……不過，那是小時候的事了。」

大概是小學三年級還是四年級的時候吧，我的美術基礎應該是在那裡學到的沒錯。

「所謂的才華，幾乎就是在小時候確定下來的吧？」

松島學長一本正經地說道。

「妳家附近的車站，不是有一所很有名的美大嗎？」

心臟因不祥的預感而加速跳動。

「啊，你是說小山美嗎？我怎麼可能考得進去啊。感覺那裡的人都很時尚，而且認真想朝美術方面發展。我又沒打算靠畫畫吃飯，抱持隨便的心態是考不進去的啦。」

我說話快得不自然，連我自己也感覺得到，但學長似乎沒發現的樣子。

「是這樣嗎？反正，妳不想考就算了。」

不久，我們走到鐵軌旁，平交道響起「噹噹噹噹」的聲音，我們在柵欄前停下腳步。要搭電車的我必須穿越平交道，而學長的補習班則不需要穿越平交道。

「……妳要直接回家嗎？」

學長的聲音聽起來有些依依不捨，應該不是我的錯覺。

不過，我裝作一副沒察覺他心情的樣子。

「對。我再妨礙你讀書，要是你落榜的話，我可承擔不起。」

有一半是真心話，一半是玩笑話。

「我才不會落榜咧，我又沒有要讀分數高的學校。」

學長笑道，接著面向我，微微彎下身子。

我沒有閉上眼睛。

學長的唇輕輕地印上我的。

有點鹹，帶有薯條的鹽味。

我討厭冷靜思考這種事的自己。

短短一秒，卻感覺特別長。

柵欄升起。

沒有怦然心動的我，害怕被學長發現我那冷靜平穩的心跳聲，我迅速離開，戲謔地笑著對他說：「明天見。」然後穿越平交道。

電車車窗外一閃而逝的風景已經染上夜色。帶點藍色的天鵝絨，是我畫作中經常登場的背景。勉強稱不上是藍色，而是無限接近黑色的藏青色。

我是從何時開始老是使用灰暗的顏色畫畫的呢？是否也曾經歷過世界——現在這個季節的天空看起來像是原色的鈷藍色般，鮮豔閃耀的時期呢？世界在現在的我眼裡，就像加了一層濾鏡一樣，陰暗模糊。的確，一直以來我就只能畫出我所見的風景。改變的與其說是用色，倒不如說是觀看世界的方式……

我們的內心有好幾扇窗，小時候經常敞開。不過，隨著韶光荏苒，便一點一點慢慢地關上那些窗。下意識地，抑或是，刻意地關上。至少我跟矢神一起畫畫的時候，我的心窗是敞開的。莫非是跟他吵架分開後——拚命不去回想那段記憶並將之封鎖在心裡深處時，也一併關上內心之窗呢？

學長現在正在自習室念書，我將頭靠在車窗上，試圖想像正在念書的學長背影，但卻想像不太出來。總是這樣，我並不擅長想像學長的事。我大概，不如我所以為的那樣仔細注視過學長，這一定也是關上心窗的關係。

我一直都知道，我們交往得似乎並不順利。

表面上，我們交往得非常穩定，不過，就僅只於此。總而言之，就跟朋友沒什麼兩樣。他向我告白的時候，朋友與戀人的界線曾經一度變得模糊，但不知為何，卻沒有讓我跨出決定性的一步。

我在小山丘站下車，爬上月臺的階梯。用定期車票通過車站的驗票口，走出南口後，天空已被夜幕籠罩。上班族和學生腳步匆匆地超越我，其中也能看見像是情侶的男女身影。看起來像是小山美的學生……小時候嚮往的美大校園，只要走出北口就能看見。學長是在哪裡得知小山美的資訊呢？不過，也可能是因為有名才脫口而出。話說回來，我從沒和學長走過這個城鎮呢。

放學一起回家。

偶爾去別的地方逛逛再回家。

週末出來約會。

不過，感覺不對，有哪裡怪怪的。我並沒有其他意中人，也不討厭學長。我認為我們兩人個性很合拍，跟他聊天也很愉快，可是，該怎麼說呢……算是，不甜蜜吧。

路過自家附近的蔬菜店前，看見柳橙一顆賣八十八圓。

——戀愛就像柳橙一樣。

我曾聽班上的朋友這麼說。兩人在一起越久，就像逐漸變得甜蜜、鮮豔成熟的柳橙；雖然有時帶點苦味，也有腐爛落下的果實，但包含這些在內才是柳橙。據她所說，幸福的情侶是橙色的。

我當時嘲笑她像個詩人，如今卻似乎能體會她所說的這番話，大概是因為現在也身處其中的緣故吧。

八十八圓的柳橙是鮮豔的橙色，我和松島學長則是不論經過多久也成熟不了的青橙。我就不用說了，想必學長也察覺到這一點。然而我們卻佯裝沒發現、假裝甜蜜，在兩人的青色果皮上，塗上一層橙色的油漆。

＊

矢神的手指描繪出纖細的線條。

即使使用相同的鉛筆，到了矢神的手中就像施了魔法一樣，截然不同。他將削鉛筆機削過的筆芯稍微弄鈍一點後，流暢地在紙上滑動。轉眼間，紙面上便巧妙地勾勒出花朵、天空和小鳥。

和用蠟筆粗略地畫出對象物的我簡直是天差地別，我當初還因此感到相當自卑，但矢神卻誇讚我的畫。

「我只會照著畫，但是千尋卻能畫出妳眼裡的世界，我覺得很厲害。」

假如現在聽到這句話，我大概會鬧脾氣地回答他：「我眼裡的世界才沒有那麼醜呢！」但當時很會畫畫的矢神讚美我有才能，令我由衷地感到高興，所以我才有辦法在他身邊繼續畫畫。

矢神總是緊握著櫻花色的色鉛筆，而我則是緊握著鈷藍色的蠟筆，從頭一頁又一頁地填滿空白筆記本。一整個春天，矢神不斷畫著櫻花，而我則是不停畫著天空。然後，偶爾交換彼此的顏色。

櫻花色和鈷藍色，是春天的顏色。

然而，春天過後，即使臨摹的櫻花已全部凋謝，我們依然持續畫著櫻花與天空。矢神的櫻花色色鉛筆，感覺一用力畫筆芯就會折斷，我將它當成玻璃筆，小心翼翼地使用。矢神用我的鈷藍色蠟筆，流暢地在自己畫的櫻花背後畫上鮮豔的天空。同樣的畫具，不同的人使用，就會呈現出不同的色彩與相異的畫作。我畫的春天是在空中飛舞的櫻花花瓣，而矢神畫的春天則是櫻花背後廣闊的藍天。

矢神說，是他爺爺教他畫畫的，聽說他爺爺是以教人畫畫為業。雖然已經過世，但據說生前是在附近的大學教畫，矢神以前提過的「畫畫很厲害的人」，指的似乎就是他爺爺。

「他以前在那裡教人畫畫。」

有機會上去頂樓時，矢神這麼對我說。綠色圍籬外一望無際的街景中，有一塊特別顯目的大區域，之後才知道，那裡是小山丘美術大學。

「我也想去那裡。」

矢神雙眼發出閃耀的光芒，如此說道。我記得，當時的矢神看起來就像大人一樣。那個年紀的男孩訴說夢想的時候，大多是想要當足球選手、醫生、太空人這類職業，既具體卻又十分籠統的內容。矢神卻說，他想去讀當地的大學。會把距離這麼近的夢想誤認為是具體也無可厚非，但是對當時的我而言，那是一件很帥氣，又很令人不甘心的事。

所以，我才賭氣地這麼說──

「那我也要去。」

不明白這代表什麼含意。

「咦？」

「我也要去那裡。」

通常，這時應該會做出目瞪口呆的反應，但矢神卻沒有。

「好啊，那我們約好囉。」

他這麼說，然後快速地伸出小指頭。

反而是我目瞪口呆。

從此以後，我便常常經過小山美旁邊。在正門前長了一棵高大的櫻花樹，春天時盛開得十分美麗。雖然當時還小，但我非常認真地希望將來能就讀這所大學。

＊

松島學長的朋友想要跟同班的女生告白，但怕一開始就兩人獨處會尷尬，所以希望學長和我跟他們一起去。

「學長，你還有閒情逸致做這種事嗎？」

這句話順便也是對他的同班同學說。

「別這麼說嘛，高中最後的暑假耶，感覺是Last青春了。」

Last青春，真擔心學長的英文能力。

「我是無所謂啦，要去哪裡？」

「海邊！」

「咦～～」

我發出明顯嫌惡的聲音後，學長笑著回答：「怎麼這種反應啦。」

「會曬黑耶，而且我討厭熱天氣。」

「一直窩在室內畫畫會悶出病來的。」

「曝曬在盛夏的陽光底下才會比較快得病吧。」

無論如何都是在得病的前提下，真是令人哭笑不得。
「而且海是……」
話說到一半，我沉默不語。
——藍色的，所以我不想去。
有這種藉口嗎？我喜歡藍色，夏季的天空和海天一線的藍。
「……妳在想什麼？」
學長戳了戳我的臉頰，我露出敷衍的笑容。
「沒什麼，好啊，就去海邊吧，我要展現我難得的泳裝姿態。」
今年的泳裝，好像買了藍色的。嘴上說討厭海邊，朋友約我去逛泳裝的時候，一看見漂亮的藍色泳裝就想都沒想，一時衝動地買下了。我還真是矛盾。
「反正是藍色泳裝吧。」
學長也這麼說，我吐了吐舌頭。
「反正是藍色啦。有什麼關係，很青春啊。」
我說。既然學長是Last青春，那我就是Semifinal青春了吧。結果被笑說很拗口。

學長的朋友好像是排球社的，個子很高。學長跟他站在一起，兩人看起來都像是排球社的，很搞笑。

「我是淺井千尋，今天就麻煩各位了。」

只有我一個是二年級，只有我一個人要抱持尊敬的態度。學長、學長的朋友，還有他朋友喜歡的女生，全是同一班，我心裡有點不自在。明明是雙人約會，卻感覺我是附帶的。

星期天，天氣不是特別好。搭上電車坐了幾站，映入眼簾的水平線並不如想像中的藍。我撇開聊得起勁的三人，獨自靠在車門上，眺望著灰色的天空與暗沉的大海。

「淺井？妳還好嗎？暈車了嗎？」

松島學長關心地問。

「是閒得發慌。」

我開玩笑地如此說道後，照理說平常會笑話我的學長，今天卻反常地露出有些困惑的表情。

「妳覺得無聊嗎？抱歉喔，只有妳是學妹，會放不開吧。」

「啊！不是，我不是那個意思……」

——如果不是這個意思，那又是什麼意思？

松島學長的視線傳達出這樣的訊息，那視線扎得我難受，我逃避似地游移眼神，望向窗外。

「因為天氣不好。」

「妳不是討厭頂著大太陽嗎？」

「是沒錯啦……」

學長的朋友和學姊之間，已經散發出不錯的氣氛，遠勝過理應在交往的我們。

換上泳裝，來到海邊時，天空越來越灰。氣溫有些寒冷，我披著連帽運動外套，抱膝坐在沙灘上。學長問我：「妳不游泳嗎？」我回答：「有點不舒服。」一半是真，一半是假。內心的青橙，今天動搖得特別厲害。

「淺井？妳真的沒事嗎？」

松島學長的聲音聽起來非常擔憂。

「不用顧慮我沒關係。」

我的語氣有點拒人於千里之外。

「我在這裡顧包包，總得要有人顧才行。」

「我又沒問妳這種事。」

感覺學長的聲音帶有怒氣，我抬起頭。他真的生氣了，這搞不好是他第一次動怒。

「……對不起。」

「為什麼道歉？」

「我態度不好。」

「我又沒那麼說。」

不行，一直自掘墳墓。鼻頭一陣酸楚，我將臉埋進膝蓋之間。

今天的我是怎麼回事？明明應該跟平常沒兩樣，為什麼卻如此鬱鬱寡歡？跟學長關係很奇妙一事，不是早就知道了嗎？為什麼事到如今才對這種事感到如此鬱悶？

眼裡映入的，是自己抱著膝的手粉紅色的指甲。

——妳的指甲，跟櫻花的顏色一樣。

為什麼現在才想起這種事？

「……松島學長。」

腦中響起我和學長的橙色油漆逐漸剝落的聲音。

「你喜歡我哪裡？」

我為什麼要問這種事情？

「幹嘛突然這麼問？」

頭上響起學長的聲音。

「我們是青橙。」

只是假裝甜蜜的未熟果實。

「什麼意思？」

「一直都是又苦又酸。」

然而還是塗上橙色，假裝甜蜜。

「什麼意思？」

「……你討厭我哪裡？」

無法成熟，一定是我的錯。

「為什麼要問這種事？」

學長的聲音已經沒有怒氣，我抬起頭，發現學長一臉落寞。我大概是一臉要哭的表情吧，我太狡猾了。錯的人明明是我，卻因為是女生又是學妹，怎麼做都會表現出一副受害者的模樣。

「千尋。」

學長呼喚我的名字，這或許是他第一次這麼叫我。

我無法回答他，這時正好嘩啦嘩啦下起雨，我戴上運動外套的帽子慢慢站起來。

「……不好意思，我可以先回去嗎？」

＊

「我們要來做時光膠囊。」

班導師說完這句話後，全班目瞪口呆，因為還沒有人知道時光膠囊這個概念。

寫信給未來的自己，將信埋在地底下。

待時光流逝後再挖出來，閱讀過去的自己寫的信。

小學一年級的我們，不太明白這麼做哪裡有趣了，總之，在開始放暑假的海之日[註1]

〔註1〕日本的國定假日，七月的第三個星期一。

前，必須寫好給十年後的自己的一封信。老師說，十年後，我們就是高中二年級。高中生！我都還無法想像自己上國中會是什麼樣子呢。不過，仔細想想，我曾想像過自己成為大學生的模樣。

季節是夏天，櫻花早已綠葉繁茂，天空又高又藍，這個時期在外面畫畫，握著蠟筆的手會汗水淋漓。蠟筆遇熱會融化，緊握不久後，我的手便染成了鈷藍色。我用那隻手借了矢神的色鉛筆，結果櫻花色的色鉛筆沾上了黏膩的水藍色指紋。

「你寫好時光膠囊的信了嗎？」

即使到了這個時節，我們依然故我地畫著櫻花和天空。明明不論是櫻花還是春天的天空，都早已被夏天驅趕成了過去。

「嗯……還沒。」

那天的矢神有點無精打采。每當他那被蠟筆染成藍色的手一動，空白的筆記本上便逐漸描繪出天空的模樣，天空就像是從他的指尖誕生出來似的。

「根本不知道十年後會是什麼樣子呢。」

我揮動著色鉛筆，故作成熟地說道。最近我花瓣畫得進步不少，色鉛筆的使用技巧也熟練了許多。

「就是說啊。」
矢神笑了笑，用蠟筆迅速地畫了一條線。
「你要讀哪一所高中？」
我是有聽說他要去小山美，但仔細想想，卻沒問過他過程要怎麼計畫。
「這一帶的高中嗎？」
「唔……可能不是喔。」
「咦，真的嗎？」
「應該吧。」
矢神以蠟筆用力畫了一條橫線。深藍色的線，在矢神纖細的畫中顯得異常突兀。
「那國中呢？」
「應該也會去遠方讀。」
「國中也是嗎？為什麼？」
「唔……就是得去。」
這時我才終於發現，矢神不是無精打采，而是異於平常。他的空白筆記本上，不知不覺畫滿了鈷藍色的線條，難得仔細描繪的櫻花圖案上，畫了許多叉叉。

「……你怎麼了？」

我戰戰兢兢地問道。

「發生什麼事了嗎？」

矢神看了一眼我的眼睛後，立刻移開視線。

那個總是凝視別人眼睛的矢神，眼神像是逃避般地游移著。

「我要搬家了。」矢神望著遠方，喃喃自語般地說道。

說是吵架，或許也不是那樣。

唯一能確定的是，當時的我無法察覺矢神不敢凝視我雙眼說話的意義。

回過神後，我已彈跳似地站了起來，像是逃離現場、逃離矢神所說的話般，邁步奔馳，手上還使勁地緊握住那枝櫻花色的色鉛筆。藍得令人厭惡的夏季天空宛如鈷藍色的顏料，滲透進我的視野——

從那以後，我便再也沒跟矢神說話。

對年幼的我而言，內心隱約認為既然約好要讀小山美，便意味著往後的時光也會一直在一起。起碼不會發生搬家、轉學，以這類形式突然告別的發展。然而，矢神卻突如其來地告知離別——無法接受的我，立刻以遷怒的形式開始逃避他。

不過，憤怒這種情緒，一旦冷卻下來後便會瞬間轉變成尷尬。

重點是，我把矢神最珍愛的櫻花色色鉛筆拿走了。借而不還，被我收進蠟筆盒的那枝色鉛筆，就像是在責備我一樣，接連好幾天從蠟筆盒中瞪視著我。

結果，那枝色鉛筆終究沒有回到主人身邊。

第一學期結束後，別說道歉了，我甚至沒說一句道別的話便和矢神分開。也許早就隱約察覺自己沒有勇氣道歉，就像是為了保險起見而事先將那封信扔進時光膠囊，如今看來，真不知是自私還是體貼。

暑假期間我也沒有打電話給他，即使知道他家住哪裡，也沒有去找他玩。我很害怕，害怕打電話給他他不接；害怕按了對講機後，聽到的是別人的聲音。那年夏天，我一張畫都沒有畫，反正失去鈷藍色的我，再也畫不出任何東西。

第二學期開學後，我看見矢神的座位上空空蕩蕩，這時我才終於明白自己失去了什麼，就跟失去鈷藍色的蠟筆盒一樣。沾著水藍色指紋的櫻花色色鉛筆，終究還是沒有回到主人身邊——而我則是嚎啕大哭，流下遲來的眼淚。

為什麼在我淋著半大不小的雨，腳步沉重地踏上歸途的這種時候，會隱約想起這件事情呢？

對了，我並不是弄丟蠟筆，而是借給矢神，就這麼分別了。所以在我心中，鈷藍色成了永久缺色。

隨著年級增加，不再使用蠟筆畫畫——我刻意封鎖痛苦的記憶，終於能夠再次提起畫筆，但從此以後，我便不再使用藍色畫畫，因為那是矢神的顏色。只要我的鈷藍色蠟筆還寄放在矢神那裡，我就無法使用藍色畫畫。而我的畫也因此改變，無論畫什麼，都散發出一股晦暗的氣息。宛如封鎖的離別記憶，抑制不住地洩露出來——

*

終於到家時，雨已經停了，但淚水卻流個不停。我快步逃進房間，不讓人看見我哭泣的臉。

我頭上蓋著毛巾，趴在書桌上，各種後悔湧上心頭。為什麼我要說出那種話？這樣不過是情緒不穩定罷了。突然說什麼柳橙的，松島學長當然會感到困惑。

「可是，我們是青橙啊……」

我從嘴裡吐出可悲的自言自語，然後像洩了氣的氣球，精疲力盡地黏在書桌上。

這種情況，是否只是愛上戀愛的感覺罷了？我對松島學長的感情並不是愛情，我一直都知道，卻在青色的果皮上塗上橙色蒙混過去。然而，無論經過多久，內部依然是青色、依然是酸的；咬下完全不成熟的柳橙，只會酸得令人想哭。根本不是酸酸甜甜的滋味，只有酸味，就像檸檬一樣。

眼淚又奪眶而出，我哭什麼啊？想哭的不是我吧。明明完全沒有考慮學長的立場，把他丟下，一個人跑回家。

我粗魯地搓揉著眼睛，有樣東西突然映入眼簾，是信封。從時光膠囊拿出來的我的信——以及打算拿出來看卻沒有勇氣拆封，扔在書桌上的矢神的信。

我下意識地伸出手，回過神後我已經拆開信封。

感覺最近的我真的是差勁透頂。不重視自己的戀人，侵犯別人的隱私，然後又在那裡大聲嚷嚷著自己無法戀愛，真是愚蠢——明明這麼想卻沒辦法停止動作，簡直是無藥可救。

算了。既然如此，就徹底地被斥責吧。如果矢神完全沒有提到我，那一定是懲罰

——時隔十年後，懲罰未來的我竟然變成這副模樣。

我有些自暴自棄地打開折疊整齊的信箋。

矢神耀先生：

你好嗎？據說十年後你已經成為高中二年級生，我完全不知道未來會是什麼模樣，你成為了一個怎麼樣的高中生呢？

現在還在畫畫嗎？小學一年級的我，以後想讀小山丘美術大學。十年後也是一樣嗎？如果是的話，我想拜託你一件事。

我聽見自己的喉嚨發出奇怪的「咕嘟」聲。雖然覺得自私也該有個限度吧，但剛才想被斥責的想法瞬間消失得無影無蹤，我揉了揉眼睛，拚命往下閱讀。

你還記得淺井千尋嗎？

我的心臟狂跳。

你還記得自己跟她吵架了嗎？

搬家的事很早就決定了，但我卻一直說不出口，拖到最後才說出來，結果千尋就不再跟我說話了。你還記得嗎？當時我沒有把她的蠟筆還給她，就帶回家了。

小學一年級的我馬上就要搬離小山丘，要是我無法鼓起勇氣跟她道歉，我想拜託十年後的我一件事。

接下來的文字，可能是不知道該怎麼寫吧，紙上有用橡皮擦擦過好幾次的痕跡。鉛筆的粉滲了進去，黑黑的，有點難以閱讀——不過還是看得見文字。

千尋一定會來小山丘美術大學，所以，到時候請把蠟筆還給她，然後，希望你代替我為那天的事向她道歉。

我看得清清楚楚。

「啊哈……」

笑聲溢出嘴角。

原來不只我一個人對這件事感到後悔。

明明剛才還認為是懲罰，現在卻鬆了一口氣，真的很窩囊。

他現在也是高中生了吧，我突然這麼想。不知道他變成什麼樣子了？身高多高？頭髮留長了嗎？有染髮嗎？參加什麼社團活動呢？也是美術社嗎？還是運動類社團？還有在畫畫嗎？還是一樣喜歡盯著人眼睛看嗎？我沒來由地心想，他應該很有女人緣吧？而我很明確地不希望他女人緣好。

啊啊，原來是這樣啊。

我突然發現。

我心中的青橙並不是學長，而是從十年前起就一直未成熟，宛如時間停止般存在的那個人。即使腦海遺忘，心中卻始終無法忘懷。所以我才無法戀上松島學長，因為我早已戀上別人。

青橙在我心中跳動。

彷彿在告訴我：這樣下去不行。

時間停止流動的柳橙。

尚未成熟變色的青橙。

想要染上橙色，不是塗上油漆，而是想轉變為成熟的橙色。

我猛力拉開書桌抽屜，拿出不知何時、為何而買的櫻花信套組，和裝有我喜愛的卡通貼紙（那個角色叫城市貓，但周圍所有人都說不可愛）的金屬罐。我一邊想著小時候好像也有貼在書包上，一邊打開罐子後，發現不知為何，貼紙也都是櫻花圖案，大概是在春天買的吧。由於貼紙的底紙是長方形的，沒辦法直接放進罐子裡，我還把貼紙一張一張剪下來。

打開金屬罐後，放在金屬罐底部——印著像彩虹般的七色線條，遊戲軟體包裝盒大的微髒蠟筆盒映入眼簾。

我的手在顫抖。

感覺很久沒打開了，這才像是時光膠囊吧。

打開盒蓋後，長短不一的各色蠟筆仍然和當時一樣存放於盒內。缺失的鈷藍色，以及像是在表示自己取代了鈷藍色蠟筆、突兀的櫻花色色鉛筆。知道鉛筆表面的水藍色小指紋是我和矢神的，這世上只有兩個人。

「……得還給他才行。」

自己信上所提到的「鉛筆」，指的就是這枝色鉛筆。

「得還給他才行。」

我用力地重複一次，然後從鉛筆盒裡拿出原子筆，抽出一張信箋，在櫻花雨上移動筆尖。

致 十年後的你——

*

幾天後，我約了松島學長再次去海邊，這次只有我們兩人去。那是個晴空萬里的夏日，已經八月了，夏天一轉眼便即將結束。

「妳今天鬱悶嗎？」

學長看著我的臉問。

「鬱悶啊。」

我回答。今天非鬱悶不可。

即便如此，時間仍然靜靜地流逝，一如往常，如同潮起潮落，然而心情卻平靜無波。感覺彼此都明白對方想說些什麼，我們沒有下海。聽說海裡有水母出沒，但當然不是因為這個原因而沒下海。我們只是肩並著肩，眺望著海灘傘的影子、逐漸伸長的兩人影子，以及慢慢上升的潮水。就這樣天南地北地閒聊，直到太陽開始西斜。

「差不多該回去了。」學長說。就在他打算站起來時，我立刻抓住他的手腕。

「學長。」

說完，我又改口說道：

「松島學長。」

我望向他的雙眼。

心想：原來這個人的眼睛長這樣啊。有別於矢神的雙眼，但是，感覺有點像。總是十分坦率，帶點頑皮，像女孩子一樣圓溜溜的眼睛。

「我們分手吧。」

我應該說得一派輕鬆吧。

學長一語不發地回望我。

「我有喜歡的人了。」

我的胸口一陣刺痛，不過，學長的胸口一定更痛。
「我一直都很喜歡他。」
視線有些模糊，我為什麼要哭呢？在這時候哭未免也太奸詐了。
學長依然沉默不語。
「我之前說過吧，我沒辦法使用藍色，我想起來為什麼無法使用藍色了。」
那是永久缺色。
學長說的沒錯。對我來說，鈷藍色是特別的顏色，所以才無法使用它。我喜歡擁有那個顏色的人。
「我還是想用藍色畫畫。」
為此，我得讓他還我才行，還我鈷藍色的蠟筆。
然後，我也必須把櫻花色的色鉛筆還給他。
所以我——
「我要考小山美。」
雖然不知道將來會如何，但只要他還在畫畫，我就想待在他的身邊畫畫。
就連我自己也覺得表達得支離破碎，也許我連一半的想法都沒有傳達出去。

即使如此，學長還是緩緩地點了點頭，

「這樣啊。」

他終於開口。

「這樣啊。」

再次簡短地重複後，他突然伸手放到我的頭上。

「加油喔。」

說完後，他胡亂搔了搔我的頭髮。

「……好的。」

我顫抖地回答，結果我還是哭了。我厭惡自己為何無法喜歡上這個人，也因為學長的溫柔而哭。要是十年前沒有認識矢神，我一定會喜歡上這個人吧。只有在這個時候，我有點怨恨矢神。

——淺井千尋　敬上

*

猶豫了許久，不曉得該挑哪一張城市貓貼紙，挑選時手指太用力，還不小心打翻金屬罐。最後我終於挑出一張，封住花了三天寫的新信，放進矢神的信封中。我硬是用膠水黏住有些鼓起的信封，確實封好名為時光膠囊的立體信封袋後，貼上新的郵票，在上學途中投進郵筒。

時光膠囊在我這裡停留將近三個星期，最後送到矢神身邊時，不知道會是何年何月；畢竟都寫了「致十年後的你」，所以希望不要超過兩年，因為順利的話，兩年後我已經成為大學生了。

到了學校後，在美術室裡沒看見松島學長，他現在應該在自習室吧。我想著，嘴角微微上揚。他說過會再來社團露露面，順便轉換一下心情，到時如果能自然地面對他就好了。

今天是個晴空萬里的夏日，我走到最靠右的窗前老位置放下書包。從敞開的窗戶吹進來的風難得是清爽的涼風，舒服得令我暫時閉上雙眼，接著我拿起畫筆。

「哎呀。」

不久後露面的顧問老師看著我的畫作發出驚呼聲。

「真是稀奇呢，想不到淺井同學妳竟然會使用這麼明亮的顏色，是發生什麼好事了嗎？」

我只是面帶微笑，持續揮動畫筆。

上週開始重新繪製的畫布上，是鮮豔的橙色。

心中的果實，今後將一點一點地開始成熟變色。

二、桐原冬彌

我通常都是過八點回家。

「我回來了～」

隨便打聲招呼，逃也似地上樓回房，將亮面運動包扔到地板上，嘆了一口氣。

打開電燈後，放在書桌旁的黑白熊貓圖案的足球映入眼簾。

我幼年時踢的足球，如今也像是某種寄託般地放在一旁。擦拭乾淨的白色六角形與黑色五角形組合而成的幾何學圖樣，據說跟富勒烯（Fullerene）這種碳元素物質的分子構造一模一樣。當我意識到自己已經成長到知道這種事情的歲數時，內心一股焦躁的情緒越發膨脹。

我亂發脾氣地踢飛亮面運動包後，表面飛起一陣灰塵薄霧。白色的亮面運動包，已經用了一年半，卻幾乎潔白如新，沒有弄髒。並不是因為我很珍惜，經常擦拭，如果是這樣，我就不會這麼……這麼想死了。

＊

——我曾經歷過四次不幸。

國中時期，我足球算踢得還不錯。

我從小學就開始踢足球，小時候腳程也很快，是班上的風雲人物。就算不會念書，只要腳程快、會挑球（lifting），就能迷倒眾生，小學是個單純的世界。年幼的我很早便體會到得到別人讚賞眼光的快感。真要說的話，我是為了在學校社會走路有風，才表現出我在足球社團學到的技巧，大過於想在踢足球時大顯身手。

當然，我對足球的熱情並非虛假。我喜歡踢足球，也很認真練習。小學的社團活動，三年來我都專心一意地選擇足球。由於當地的公立國中罕見地竟然沒有足球社，我便跨學區就讀鄰近地區的國中，加入足球社，一年級便當上正式球員，在正式比賽中也小小嶄露頭角——所以國中時期，我足球真的踢得還不錯。我想是因為這樣，於是，導致了我第一個不幸。

可憐的少年桐原，錯估了自己的才能，以為自己與眾不同。事實上像自己這種程度的人比比皆是，卻還是硬著頭皮報考了學力程度也很高的私立足球名校。

第二個不幸是，我竟然考上了那所高中。明明完全不會念書，考試前猜的題竟然全都猜中，於是就在高一的春天，我名正言順地敲開了第一志願高中的足球社大門。

姬坂高中在高中足球界是知名強校，經常打進全國高中足球聯賽，整體的戰果也十分輝煌，每年來自各地、自命不凡的健將雲集，選手的素質逐年增強。雖然我現在十分悔恨當初自己思慮淺薄，竟然想要投身於此，但對足球少年來說，姬坂就是如此有名的高中。

足球社有所謂的一軍、二軍、三軍，三個階層。一軍的練習果然無可比擬，尤其是學長們看起來特別雄偉。國一時看國二生，也覺得他們非常成熟偉大；但高一時看高二生又感覺更高大，自己最拿手的技巧都比他們最不拿手的技巧還要拙劣——就是這樣的世界。

然而，我還是堅信自己與眾不同，相信自己只要努力練習一年，就能像他們那樣。三軍的待遇與一軍當然是天壤之別，但我剛入社時每天練習，從不缺席，也竭盡全力接受嚴格的訓練。因為周遭有許多同是一年級的社員，不想輸給同輩的意志力促使我的身體行動。當初和我一樣嚮往穿上姬坂制服而入學的新進社員多到記不清長相，轉眼間便逐漸減少了數量。堅持下來這件事令我很自豪，這滿足了我微小的自尊。

第三個不幸——而且是四個當中最大的不幸，不用說，當然就是和森脇祥吾同屆這件事。

＊

「我出門了。」

早上六點半，我隨便打了聲招呼出門。足球社的晨練從七點半開始，但我並不是出門晨練。

就結論而言，我現在成了幽靈社員。

我還是足球社的社員，但是不出席練習，我蹺了社團活動。應該說，只是沒有提交退社申請書，搞不好在社團裡已經被當作實質退社來看待。假如是一軍，肯定不容許這樣吧，但因為我是三軍，是個連教練都記不得名字的一介小小社員，根本沒人發現吧，更不用談什麼容許不容許的。我像是安於現狀，又像是巴著不放似地維持住幽靈社員的地位，自己的這副慘狀已經超越窩囊，心酸至極。

我沒有對父母說明情況，所以假裝出門參加社團活動，總是早出晚歸。我是打算演這齣戲演到畢業嗎？可是，我等於是為了足球才報考這所私立學校的，不知道該用什麼表情去面對幫我支付昂貴學費的父母，跟他們說我不踢足球了。不對……實際上，我的球衣跟運動包都完全沒有弄髒，搞不好他們已經發現了也說不定。他們什麼都沒有問，讓我既感謝，又覺得有點寂寞。

每天背著亮面運動包，謊稱要晨練而早早出門，四處閒晃繞遠路打發時間，搭電車前往學校。八點時，一軍在球場踢球，其中也能看見森脇的身影，聽說他這次會穿上十號球衣。如今三年級引退，森脇完全成為社團的骨幹。感覺太靠近球場會被發現，我盡可能地遠離球場，偷偷摸摸地走向校舍出入口。

去年五月以後，森脇加入一軍，我便沒有機會在社團活動中跟他說話。儘管在班上多少會交流，但夏天時我慢慢開始沒去參加社團活動後，對方便不再積極地找我攀談，也不再一起吃便當。秋天結束時，在我完全淡出社團後，我便主動避免和他見面。今年升二年級時重新分班，我換到三班，他則換到六班，連同班這個唯一的共通點也失去了，現在變成在走廊擦肩而過的關係。

但每次他跟我對上眼神時，還是會要我到球場去，不似責備，也不似鼓勵，只是淡淡地說：「來球場吧。」比起被責備、受鼓舞，他這種態度更令我感到胸口一陣刺痛。我總是無言以對，默默地與森脇擦肩而過。他根本不明白我的心情，我心裡也清楚錯不在他，但這種情緒卻無可宣洩。

在學校的時間無比漫長，上課很無聊。本來是因為嚮往足球社才硬著頭皮報考這所學校，而且還不知道走什麼運考上了，但其實學力根本跟不上。筆記本一片空白，腦中也一片空白，等我回過神來，發現自己正望著窗外。

球場上的球門，在十月的天空下看起來異常遙遠；過去自己曾忘我地奔馳在球場上，如今卻怎麼也想不起當時的心情。

距離姬坂徒步不遠處有一條大河，高架橋橫越在上方，橋下則是河岸。

放學後我經常去那裡打發時間。河岸往往堆積了一堆廢物，只要窺視橋下，就能看見風啊、河啊吹送而來的漂流木和垃圾，漫無目的地堆成一處。我自己也一樣嗎？無處可去，四處徘徊游蕩，最後被風吹向這個地方。

河岸有個小足球場，假日經常舉辦足球比賽，平日附近足球社的小學生也會來練習。我在河堤坐下，怔怔地眺望小足球場。

那些人踢得真爛耶。明明還有空間，一個人霸占球霸占太久了啦！太偏右邊了，往那裡踢啊！真是的……為什麼看不見啊？

我自以為了不起地在心裡想著這種事情，同時嘆了一口氣。

我到底在幹嘛啊？

曾經嚮往的姫坂足球隊制服，如今穿著十號球衣的，是我以前的同班同學。每次想到這件事，我內心就會湧起「可惡，我也能做到！」的心情，但隨後又有一股聲音對我潑冷水說：「反正我這種人不會成功啦。」想要奮發圖強的我被澆了一桶冷水的聲音直接化為嘆息，從嘴巴吐出。

我真是遜斃了。

其實我心裡明白，天賦是個好聽的藉口。以為自己與眾不同，用「有天賦」當藉口，根本沒有真正努力過；而當自己的能力不管用時，又用「沒有天賦」來逃避努力。怎麼做都不對。根本沒有所謂天賦異稟的奇才，只要看到練習中的森脇，傻瓜也能明白這個道理……

「啊！」

我不經易地望向右方，發出微小的驚叫聲。

那個女孩又來了。

不知何時，我發現似乎不只我一個人喜歡這個河岸。她總會在差不多的時間來到這裡，年齡與我相仿。一頭亮栗色長髮，穿著短裙和寬鬆的針織外套。感覺像是那種每個班上都一定會有的，有點強勢、難以接近的女生。

但她卻總是一個人來這裡，悶悶不樂地眺望著河岸的足球場。

那種突兀感莫名讓我感到親切。我總是時不時地偷看她的側臉，這才發現她的長相完全不好強、更不凶巴巴，反而感覺很平易近人，甚至有點稚氣。看足球比賽時，如果偶爾有小孩射門得分，她就會輕輕拍手，那時突然綻放的笑容感覺十分溫柔。

可能是今天有點冷的關係吧，她圍著一條紅色圍巾，脖子一帶蓬蓬的，但她紅冬冬的臉頰還是讓人覺得她是不是怕冷。她抱膝坐在堤防低處的老位置。

我也固定坐在同一個地方，所以我倆之間總是保持同樣的距離。我在堤防偏上方，她在下方；我在她的左後方，她在我的右前方，就像足球的前鋒跟後衛。我的視野經常能看見她，但她的視野中應該沒有我吧，所以難以判斷對方是否有發現我的存在。雖然我經常偷瞄她，卻從未與她四目相交。她總是望向前方。

她為什麼會來這裡呢？

幾乎每天都會來這裡的我，幾乎每天都會看到她，我想她應該沒有參加社團吧。除了書包以外，從沒看她帶其他類似社團活動的東西——比如說球拍、竹刀、樂器之類的，而且，總是一個人。

我曾想跟她攀談，但就算我知道她，她也未必知道我，一想到這裡我就猶豫不決。更何況，我是為了不被父母發現我沒有去練習足球才逃到這裡來的，本來就已經夠難看、丟臉了，蹺了社團活動還去搭訕女孩子，感覺這樣的自己更不像樣，所以終究還是沒有付諸行動。

十月的天色暗得很快。

不久，她站起身，沿著河川上游走在河岸上，而當她離開時，我總是只能看著她的背影。

*

足球社偶爾會在星期日舉行練習賽，既然假裝還在參加社團活動，就必須演全套，也得假裝出門參加虛構的練習賽。連我自己也覺得這種行為真的很愚蠢，但我還是經常查詢足球社的練習賽資訊（會刊載在足球社的網頁上），有比賽的日子一定背著亮面運動包出門。

雖然沒必要特地跑學校一趟，但也不知道要去哪裡。坐上電車一路搖晃的期間，突然想起有東西忘在學校。這星期五發的週末作業，放在學校書桌的抽屜裡沒帶回家。今天的練習賽是在學校舉行，我想社員應該都在足球社，反正他們只會往返社團和球場，不會有人來教室。

姬坂今年夏天整體表現欠佳，在第三戰就敗退，不過，高中足球預賽已經開始，沒時間沉浸在失敗中，球隊已重振旗鼓，參加冬季賽事。森脇是十號，擔任隊長。聽說社長是由別人來當，但我想整個球隊的精神支柱還是森脇。

如果……

如果我當初留在社團……

如果我再努力一下……

堅持不放棄的話……

現在是否就能待在球場，傳球給森脇，幫助他射門得分了呢？

我想像不出來。不管怎麼練習，我都不覺得能追上他。小學、國中時志得意滿的代價，不是高中一、二年級稍微努力一下就能償還完畢的。

在我思考著這種無聊事的時候，電車已經到站。走出驗票口時，我超越一群身穿運動服排隊出站的人，他們全都背著亮面運動包，短髮、黑皮膚。是足球社的人嗎？我猜他們應該是今天的比賽對手。要是跟他們走在一起，搞不好會碰到姬坂足球社的人，於是我快步前往學校。

——不過，當時的我竟然完全忘記森脇比賽前的習慣。

——我在參加比賽前，一定會俯瞰整個球場，模擬比賽的狀況。

——在姬坂高中，二年三班的教室視野最好。而在客場比賽時，我不知道能不能隨便進入對手校的校舍，所以會爬到樹上。

我是在什麼時候聽森脇說過這樣的話呢？

「咦，桐原？」

二年三班的教室位於校舍的二樓，雖然是假日，但當然還是會有學生來參加社團活動，所以校舍中四處傳來人的氣息。三樓的音樂教室傳來吹奏樂社的吹奏聲，某處傳出學生的笑聲，從走廊的窗戶望去的球場上，響起足球社稀稀落落的吆喝聲。

不過，那些聲音聽起來就像蓋上一層麻布一樣模糊不清。踏進教室的瞬間，我僵在原地。穿著十號球衣和戴上隊長標誌的男人，正站在窗邊。

「森脇……」

當我想起他的習慣而驚覺「慘了！」的時候，已經來不及了。我明明早就知道在比賽前其他社員會往返社團和球場，但唯獨這傢伙會待在二年三班。

「好久不見，你怎麼會來？」

森脇淡淡地詢問。

「啊，沒有啦……就忘記拿作業……」

我游移著視線，瞄向自己的書桌，偏偏我的座位就在森脇旁邊。

「哦？」

森脇瞥了一眼我的亮面運動包。

「是喔。」

他對我說些什麼我搞不好還比較輕鬆，這種簡短的附和令我十分難受。

「今天有練習賽……？」

我明知故問，為了不讓他問我的事情。

「嗯。」森脇微微點了點頭，答道：

「因為高中足球快要開賽了。」

他眺望球場的眼瞳裡，燃起了平靜的鬥志。

「應該說，預賽已經開始了。」

「哦……這樣啊。」

我邊說邊慢慢走近自己的書桌，森脇還在俯視著校園。我悄悄將手伸進抽屜抓住作業，快速抽出，我正暗自竊喜的瞬間，森脇鋒利的目光朝我射來。

「桐原。」

我的心臟停止跳動了一下。

「來球場吧。」

這時我體會到，這是他最後一次這麼說。

森脇以後一定不會再約我了。因為他已經是隊長了，是球隊的支柱，沒時間再理會不來社團練習，又依依不捨不肯退社的幽靈社員。

我感覺眼睛下方蠢蠢欲動。

早上嚥下的食物在下腹部一帶大肆胡鬧。

我一語不發地背向森脇。

走出教室後我立刻邁步奔跑，感覺不這麼做的話，我一定會哭出來。

我不記得自己是怎麼回到家的。

但有印象被按了兩次喇叭，想必我走在路上時非常魂不守舍吧。腦袋完全停止運轉。我也不知道到底有什麼好震驚的，但就是思考凍結，走路時也看不見前方。

走上房間的途中，被樓梯絆倒了三次，用身體的重量推開房門走進房內後，才總算覺得成功逃離了什麼而鬆一口氣。

不行了。

我已經撐不下去了。

甘願悲涼淒慘地淪為幽靈社員、垂死掙扎的原因，難道就只是為了森脇那簡短的一句話嗎？

亮面運動包重重地摔落在地板上，震醒了我凍結的頭腦，腦袋開始運轉後，我漸漸明白自己大受打擊的原因，令我更加沮喪。

森脇對我說那句話的期間，我就算不出席練習，也能待在足球社，能當個幽靈社員，能繼續對父母說謊。畢竟再怎麼樣我都還是在籍社員，不算完全說謊。
但要是被森脇捨棄，我甚至連幽靈都當下不去。明明到頭來沒在踢足球的事實始終沒有改變，但卻帶給我超乎想像的衝擊，本來就已經夠脆弱的心瞬間破得粉碎。
我心神恍惚，不知道經過了多久。
心想差不多該換衣服了，我慢吞吞地抬起頭後，看見書桌上放著一個奇妙的東西。好像是寄給我的包裹，茶色的立體信封袋上貼滿大量的郵票。
什麼都好，我需要轉移注意力，便衝上去拿起信封袋。我將它舉高，透過燈光查看內容，再用手觸摸，感覺硬邦邦的，大概是信封中還有一個信封。我把線一圈一圈解開，查看裡頭，不出所料，裡面還裝著一個尺寸較小的茶色信封。我將信封抽出來後，上頭好像列了幾條事項。

請嚴守下述規則：

・只拿自己的，不看別人的（保護隱私）。

・不對他人的時光膠囊惡作劇（高中生不幼稚）。

・看完後，寄給通訊錄上的下一個人（身為同學的義務）。

「規則……？」

我疑惑地翻到背面後，背面寫有這樣的文字：

要號召全班同學一起挖出來太麻煩了，就照班級通訊錄的順序傳下去吧。這是小山丘第六小學一年一班製作的時光膠囊。

「時光膠囊……」

我啞然無言了一會兒，時光膠囊是用寄的嗎？

窺視信封內，看見最上方放著一張有點皺皺的紙，是通訊錄。最上面那一行跟第二行半的名字上打了個圈，我之後的名字則沒有任何記號。原來如此，通訊錄是按照座號排列的，收到時光膠囊的人就依序做上記號吧。

我在自己的名字上打了個圈後，翻找信封袋，尋找自己寫的信。

一下子就找到了「桐原冬彌」的信。黑白的富勒烯圖形——比別人大一號的足球圖案信封上，顯目地寫著大大的名字，而信封表面不知為何貼著一樣東西——

「……是貼紙嗎？」

大概是什麼卡通人物吧？一隻貓還是狸貓，抱著櫻花花瓣在奸笑。好像是用剪刀沿著貼紙的輪廓剪下來的吧，邊緣有點歪。貼紙背面的膠紙脫落了一半，所以才黏到信封吧。應該是之前的某個人打開時光膠囊時不小心掉進來的，看這個圖案，感覺像是女生會買的……

「不怎麼可愛呢。」

我吐出失禮的感想，並將貼紙的膠紙撫平放在書桌上。打開自己的信封後，從裡面拿出來的是一張對折的薄信箋。

桐原冬彌先生：

你好，我是桐原冬彌。不過，你也是桐原冬彌呢。寫信給自己，感覺有點奇怪。

我的夢想是當一名足球選手，所以我現在一星期有兩天會去足球社練習。

「一星期兩天，根本沒什麼好說嘴的……」

因為我現在成為高中生所以才敢說這種話，足球強校通常幾乎每天都會練習。實際上姬坂的足球社包含六日在內，一星期會練習五天，再加上練習賽的話幾乎沒有休息。

不過，以小學生的基準來看，一星期兩天算得上有在練習嗎？感覺當時學東西是星期幾補國文，星期幾學鋼琴……每天都不一樣。基本上是一星期一次，因此一星期兩次或許算是練習得很勤了。

我很期待成為高中生的我，足球會踢得有多麼厲害。我會先把足球練到能挑球一百次。

我鄙視地瞇起眼睛，將視線移到下一行。

……還是說，我已經不踢足球了呢？

我的心彷彿開了一個足球般大小的洞。

拿著信紙的手在顫抖，只有眼球骨碌碌地轉動，我像是被什麼東西附身似地繼續往下讀。

我難以想像不踢足球的我是什麼樣子，也覺得不踢足球的我就不是我了。足球最讚了，我相信十年後應該也一樣讚。所以請你努力成為一名足球選手！我也會加油。

我緩緩嘆了一大口氣。

深信未來的自己依然立志成為一名足球選手的文字，宛如寫給崇拜的足球選手的卡片。就算像這樣把夢想強加在我身上，現在的我也無力消受。老實說，我很難受、心很痛，本來是想轉換心情的，無奈卻又在傷口上灑鹽。

現在的我，跟自己當時描繪的我完全相反。假如世上有時光機，而過去的自己搭乘時光機來見現在的自己，一定會感到幻滅，大聲喊叫「這才不是我」吧。

「哈哈……我真是窩囊。」

當時自己使用的足球還扔在房間裡，然而過去忘我地追逐那顆球的少年，卻已不復存在。

*

幾天後，我漫無目的地走向河岸，腋下抱著房間裡那顆富勒烯圖形的專用足球。

走到河邊後，河岸的球場竟難得地無人使用。我步履蹣跚地走下河堤，穿越球場，走向與河川上游交叉而建的國道下方。那座橋下是這個城鎮的廢物堆積場，是風和河流運來的垃圾堆積在河邊的地方，也能看見零星的非法丟棄物隱身其中。
我瞥了一眼垃圾山，依依不捨地在手中轉動足球。
——桐原。
耳邊似乎響起森脇的聲音。
——來球場吧。
「……我才不去呢。」
我決定要放棄足球了。
我像擲邊線球一樣舉起足球，正要用力扔出的時候——
「請問一下！」
——被人打斷了。
背後傳來一股淡淡的甜蜜香氣，以及感覺有點愛插話的女生嗓音。
「那該不會是城市貓的貼紙吧？」
我轉過頭後，嚇了一跳。
她是什麼時候靠過來的？那張再熟悉不過的樣貌——一頭明亮的茶色長髮和大紅圍巾，微微泛紅的臉頰。就目前來說，似乎不只是因為天氣寒冷的關係。第一次從正面看見的眼睛，有明顯的雙眼皮，黑色眼珠宛如發現什麼寶物似地閃閃發光。

「呃，那個……」

我維持高舉足球的姿勢僵在原地，語無倫次地游移著目光，總算反問出一句話：

「……城市貓是什麼？」

她瞪大了雙眼。看起來才像是一隻貓。

「那顆足球上的……」

「咦？」

我反射性地放下足球，在手中轉動查看後，這才發現黑色的五角形與白色的六角形中，混入了櫻花色。

「啊！」

那是混進時光膠囊的貼紙。看來是在不知不覺間掉下書桌，露出一半的背膠黏到足球表面，而脫落一半的膠紙則隨風搖曳。抱著櫻花花瓣，不知道是貓還是狸貓……

「這是貓嗎？」

我不禁脫口詢問。

「當然是啊！因為叫城市『貓』嘛！」

「妳說的是沒錯啦……」
不說還真看不出來。
「……不覺得像狸貓嗎？」
我戰戰兢兢地提問後，她便氣呼呼地鼓起臉頰。
「完全不像好嗎？貓的耳朵是三角形的，狸貓的耳朵是圓形的。」
她將手舉到頭上比出耳朵的形狀，手指還不斷前後擺動。我再次望向貼紙的狸貓。
原來如此，耳朵的確是三角形的，但角度有點圓就是了。
「是貓呢。」
我點了點頭後，她便一臉滿足地把手放下。
「是貓沒錯。」
這時，她似乎終於發現我露出奇怪的表情，瞬間刷白了臉。
「……我該不會嚇到你了吧？」
老實說，是嚇到我了。
她急忙將探出的身子往後退，拉起圍巾蓋住嘴巴，掩飾她的尷尬。嘴裡嘟嘟噥噥地說道：

「呃……不好意思！我想說很少看到男生有這個貼紙，以為你應該喜歡城市貓，就上前找你說話了。」

到底是有多喜歡啊！話說回來，這隻狸貓竟然還滿紅的是嗎？

「抱歉，這貼紙不是我的。」

我老實坦承後，她看起來十分失望，一臉遺憾地笑道：「什麼嘛。」初次看見的她的表情，初次聽見的她的聲音，都比想像中還來得開朗許多，令我驚慌失措。

「虧我還以為第一次遇見現實中的城市貓迷呢。」

「……這隻貓那麼有名嗎？」

她的眼神立刻散發出耀眼的光彩。

「超級冷門的！」

「原來很冷門喔！」

我不禁脫口吐嘈。

「冷門到不行！」

明明是粉絲卻如此用力強調，真是可愛。

「明明城市貓頑強地存活了十多年，但我們學校沒有一個人知道它……我覺得它很可愛啊！」

看她最後一句特別用力強調，似乎是城市貓的忠實粉絲。

「啊，抱歉。我又一個人自說自話了……」

回過神後立刻意志消沉這一點也滿好笑的。

「那個……」

她指向足球，我以為她指的又是貼紙，但這次似乎是指著足球本身。

「你是足球社的人嗎？」

她應該是為我著想才改變話題的吧，但這個問題對現在的我來說是地雷。我猶豫了一下，最後還是點頭承認，我應該還是足球社的社員。

「算是吧……啊，雖然現在才問有點晚了，我跟妳講話的語氣可以隨便一點嗎？妳的學年……」

她比出V字手勢說：「我是高中生。」

「啊，我也是。」

高中二年級，那年紀也一樣啊。

「你跟我講話隨便一點也沒關係。」

她擺出討喜的表情莞爾一笑，自己說話卻不失禮節。不過，感覺她這樣說話比較自然，我就不吐嘈她了。

「你要丟掉嗎？」

她依然指著球，我還以為她的注意力全被城市貓給吸引了，想不到她竟然有發現。

「嗯。」

「我可以問你為什麼要丟掉嗎？」

「……嗯。」

我想……應該可以跟她說。她既不是家人，也不是社員，更不是同校的學生。所以，我覺得可以向她傾訴。

「我的確是足球社的，但現在是幽靈社員。」

她點了點頭。奇妙的是，她沒有追問理由，也沒有表示驚訝。

「別看我這樣，我國中時足球踢得可棒了。」

我開玩笑地說道，為了聽起來不要太自大。

「還滿吃香的，也挺活躍……所以就志得意滿，以為自己有天賦，特別優秀。」

她沒有隨聲附和，只是慢慢地點了點頭。

「然後高中就得意忘形地進入足球強校，結果卻吃癟受挫。」
我發出乾笑。她開口：「莫非你讀的學校是姬坂嗎？」
「……妳怎麼知道？」
「說到這一帶的足球強校，就是姬坂了吧。」
「嗯，沒錯。我是姬坂足球社的社員。」
敲響夢想中的足球社大門。
然而卻被現實擊垮。
讓我領悟到自己並非特別優秀有天賦。
那樣的人另有其人。
「有個傢伙特別厲害。」
我吐出一句喪氣話。

*

森脇是以前跟我最要好的隊員，我們既是隊友，也是一年三班的同班同學。他的座號是三十五號，我的座號比較前面，照理說應該沒什麼交集才對，但等我意識過來時，才發現我們午休時會一起吃便當。

我們一開始是在社團活動時聊起來的，森脇也是足球社，當初我沒有發現他是班上的同學，不過因為他的個性平易近人，我們立刻就打成一片。我對他的第一印象是，看起來不像是會踢足球的人。他身材纖瘦，皮膚白皙，笑容柔和。因為在體育課上見識過，所以我知道他的腳程很快，五十公尺不到六秒半就跑完。我還以為他鐵定是田徑社的，因此在足球社遇到他時，我著實嚇了一跳。我的腳程也算快的，但跑完五十公尺最快也要六秒半多。在高中，腳程快當不了風雲人物，因為這所學校的田徑社裡還有五秒跑完五十公尺的怪物呢。

「森脇，你跑得真快。」

「因為我體重輕啊。」

森脇是會開這種玩笑的人。

「你想要踢什麼位置？」

「我希望能當前鋒。」

「你國中時也是前鋒嗎？」

「嗯，算是吧。」

森脇的個性很低調，不太說自己的事。所以每次聊天時，不是我問他問題，就是聊我自己的事。

「我國中時也是前鋒。」

「這樣啊，你看起來踢得很好。」

「哪有啊……」

我嘴上這麼說，心裡卻未必這麼想。

「姬坂的前鋒應該競爭得很激烈吧，但我一定要當上前鋒。」

「桐原你跑得那麼快，一定可以的。」

被比自己快半秒左右的人鼓勵還沾沾自喜，我也真是沒救了。

在足球社練習時，剛入社的社員都只能一直跑步、撿球（無論再怎麼有實力的一年級都不例外），所以我並不清楚森脇的實力。不過，聽其他一年級在聊他的八卦時，得知他似乎是個小有名氣的人物。森脇祥吾，在國中時期似乎是個知名選手。

「森脇，你是不是還滿有名的？」

我曾經開玩笑地問過他。

「咦？才沒有呢。像我這種人到處都是。」

把這種常見的謙虛話語說得毫不矯揉造作，是森脇的優點，同時也是我的不幸。

——也是，只不過是跑得快了一點。

我如此想著，並且感到安心。

當時我為什麼沒有領悟到，只不過跑得快了一點的人其實是自己；為什麼不明白能夠考上姬坂、盡是些足球強校出身的一年級生們，怎麼可能去討論一個只是跑得有點快的人……

五月，姬坂高中足球社為了準備高中聯賽預賽，而籠罩在一觸即發的氣氛中。

第二週，星期日開始打練習賽，所有一年級成員都必須出席，為隊友加油打氣。畢竟是運動社團，這也是理所當然的事。

雖說人數減少了，但一年級還是有二十人以上，所以當天我並沒有發現森脇不在——不對，正確來說，我沒有立刻發現森脇並不在加油團之中。

比賽對手是同為都內的私立高中，論實力在我方之下，但那天我們陷入了苦戰。上半場比數一比一，來到下半場。比賽開始十分鐘後，其中一名前鋒學長被撤換，換另一名選手上場。

嬌小的身軀，以及因為考試所以有一段時間沒踢足球而變得白皙的皮膚，平時很柔和，一上場比賽卻宛如他人般凜凜有神的側臉。

是森脇。

我後來才聽說，在我沒發現森脇不在的這段期間，他跑到校舍的二樓眺望球場。如前所說，他在比賽前有俯瞰球場的習慣。

雖然不知道這種結果有沒有包含在他當時模擬的情境中，總之換森脇上場後，他在比賽快要結束之前罰自由球得了一分，比賽以二比一的比數落幕。一年級就能上場罰自由球就已經夠令人跌破眼鏡了，更別說竟然還得分，更是令人驚訝到傻眼。撇除這一點，森脇踢球的實力也是出類拔萃，無論運球、傳球還是射門，都以令人望塵莫及的高水準完成。

比賽完後，我不敢找森脇說話。回到家，我惴惴不安地在Google的搜尋欄上鍵入「森脇祥吾」四個字，他輝煌的經歷便從雙眼躍進我的腦海。

在足球強校國中從一年級起就一直擔任前鋒，總而言之就是王牌、天才，帶領球隊進入全國中學體育大賽前八強。形容他的詞彙大多是表示讚賞、驚嘆以及讚嘆。

要是別這麼做就好了——但之後鍵入「桐原冬彌」來搜尋，是我最後的不幸。

結果不出所料——當現實透過電腦桌面清清楚楚地展現在我面前時，我那用微小的尊嚴和自尊心武裝起來的心靈，挫敗得體無完膚。

並非對森脇的才能感到挫敗。

而是終於領悟到自己一點兒也不特別。

自夏天起，我便漸漸不去參加社團活動，就算去球場，也提不起勁踢球，這一點我稍早以前就察覺到了，也發現自己踢球的技巧越來越落後於森脇和周圍的同期。到最後，球場、板凳，甚至連球場旁都容不下我了。

暑假結束後，我幾乎沒去社團練習。當時森脇以外的隊友也會喊話叫我回去，但隨著冬天接近，高中足球的季節來臨，我的存在慢慢如文字所示，化為幽靈；不久後，就只剩森脇看得到我這個幽靈。

升上二年級時重新分班，我跟森脇分到不同班。但他似乎還是看得見我這個幽靈，每次在走廊擦身而過時，他總是會跟我說話。然而，再過不久，那傢伙也會看不見我的身影吧……

因為我處於世界的陰暗處，而他，則是今後會在光明世界大放異彩的人。

*

「我們的天賦簡直是天差地別，不對，練習量也是，我沒有任何一樣比得過他，我明白的。看了就知道我絕對贏不過他，比起別人的告誡，自己領悟到自己並非與眾不同的這個事實更令我震驚。所以我的內心受挫……可是，又不能直接回家。我為了想踢足球，才硬考上這所私立學校，實在不敢跟父母說我已經當了將近一年的幽靈社員。」

「所以你才來這裡嗎？」

我點頭。

沒有勇氣交出退社申請書，也沒有勇氣告訴父母實情。所以才繼續留在社團，半途而廢、不上不下。甘於這樣的狀態，在河岸浪費時間……

「那你要把足球扔掉……是因為那樣囉？」

那樣？我大概明白她指的是什麼意思。

「嗯，算是吧，我是來放棄足球的。」

沒錯，我今天是來這裡丟棄足球的。拋棄足球後，我打算順道去交退社申請書，中請書也已放進了口袋。

「這樣啊。」

她一臉落寞地低喃：

「你討厭足球了吧，那也沒辦法……」

我眨了眨眼，我們兩人的想法似乎有出入。

「咦？我沒有討厭足球啊。」

「咦？你不討厭嗎？」

她瞪大眼睛看著我，令我感到困惑。

「嗯，我不討厭足球啊……」

要是討厭的話——我在把球丟掉時就不會感到不捨了。

「咦？」

她似乎無法理解。

「咦？有哪裡不對嗎……？」

POST OFFICE

PRIORITY MAIL INTERNATIONAL SERVICE

「因為，既然不討厭的話，就沒必要丟棄啊。只要以其他形式繼續下去不就好了嗎？」

我受到的衝擊就像是頭部被人狠狠揍了一拳。

「呃，所以說，我就是做不到才要扔掉啊。」

剛才就是在聊這件事，她沒有聽懂嗎？

「咦？奇怪？你剛才的意思是這樣嗎？對不起，是我誤會了嗎……」

她開始認真地煩惱，於是我連忙回答：

「啊……抱歉，可能是我表達得不夠清楚。」

其實我並沒有這麼想，但我不想繼續聊這個話題，所以才這麼說。不過，她似乎想理清頭緒的樣子，又固執地追問下去，她好像是愛追根究柢的那種個性。

「你喜歡足球吧？」

「……嗯。」

想結束話題的我，心不甘情不願地點了點頭。我本來以為表現出回答得有些不開心的模樣，她就會識相地就此打住，但她還是毫不在意地繼續追問。

「你說社團裡有個人很厲害，你覺得比不上他才不去參加社團，到這裡我還聽得懂，但為什麼會跟你要放棄足球有關呢？」

「為什麼？因為要做個了斷……」

話還沒說完，我自己也發現了。

不對。

這樣子根本算不上什麼了斷。

只是嘴巴說得好聽罷了，只是想要這樣說服自己，但我其實只是想要重新來過而已，我……

——桐原。

森脇的聲音在耳邊縈繞。

——來球場吧。

我逃離了球場，如今，我甚至想消除自己逃避的事實。因為我在想像，若是年幼的自己看見我現在的背影，會作何感想。

沒錯。

因為我讀了那封信。

小時候描繪的未來，並非如今自己成為的模樣，這件事令我感到羞愧。得意洋洋地進入足球強校的足球社，卻碰了滿頭包、逃離球場——但還是在意父母親的目光，繼續扮演社員，我受不了自己如此悲涼。

即使成為高中生，實力也完全沒有增強，倒是學會了挑球一百次。但這點技巧，我們足球社的每一個社員都能做到，就連對足球的熱情……那時肯定更熱血、更純粹。過去的我所凝望的，一定是像森脇這種男人的背影，我曾經相信自己能成為像他那樣的人。然而，現實卻是這副慘樣，還不如乾脆放棄足球。

「知道現實之後，我難道不能追求適合自己的生活方式嗎？」

我像是在找什麼藉口似地，迫不得已地說出這樣的歪理。

「因為自己沒有天賦而想要放棄，這麼想有哪裡不對嗎？」

她很快地回答：

「沒有天賦就不能做自己喜歡的事了嗎？」

我感覺有如醍醐灌頂——實際聽見這種翻開青春漫畫隨處可見的臺詞後，才發現這句話其實說得無比正確。

「照你這麼說，只有踢得好的人才能踢足球囉？在你看來，總是在那個球場裡踢足球的小孩們也沒資格踢足球囉？」

雖然今天河岸的球場上沒有人在……我搖了搖頭，雖然搖頭否認，但——

「可是我……覺得自己跟理想相差得太過懸殊，實在很丟臉……」

「不都是這樣嗎？」

她若無其事地說道：

「我也跟小時候理想中的自己差了十萬八千里，明明應該要成為更優秀的高中生、更出色的女孩子，但等我意識到時，才發現哪裡走偏了……我想把頭髮染得花花綠綠，穿起短裙，幹勁十足地在高中度過精彩的人生，入學後卻發現跟以前描繪的理想相去甚遠……真的很討厭。」

「你看到我的時候，有沒有這麼覺得？」她有些自嘲地笑著說：

「覺得我很輕浮嗎？但我也拉不下臉改變，結果頂著這顆頭已經快兩年了。」

「……有。」

我如此回答後，赫然發現一件事。

這個問題是以我看過她為前提而問的，也就是說——

「妳知道我一直在偷看妳嗎……？」

「當然啊，你常常來這裡嘛。」

我的胸口震了一下。

她面帶微笑。

「我一直在猶豫要不要出聲跟你搭話，你看起來年紀跟我差不多，可是卻總是一副悶悶不樂的樣子……」

她觀察我觀察得那麼仔細嗎？可是我完全沒感受到任何視線。

「我很擅長偷看別人。」

她笑道。我心底湧起一股親切感，也跟著笑了起來。

「我也想過，那個女生到底來這裡做什麼？因為總是會碰到妳。雖然很好奇，但突然上前攀談感覺很像在搭訕……」

「哈哈哈，我又不在意。」

她發出爽朗的笑聲，雖然不是文靜女孩的笑法，但不會讓人感覺沒氣質。她那自然不做作的態度很令人喜歡，我想她本來就是這樣的女生吧。

「周圍都是些俏麗漂亮的女生，讓我最近覺得有點痛苦，所以我偶爾會來這裡喘口氣。我也完全沒有成為理想中的自己，但我現在還是想當個有魅力的女高中生。」

染成淺色的頭髮、短裙，以及顏色鮮豔的針織外套，感覺並不適合她。她給我的印象是更爽朗、樸素、坦率自然。
「是這樣嗎？」
「就是這樣。」
她淡淡地笑道，點了點頭，然後似乎終於發現我露出奇妙的表情而滿臉通紅。
「啊！抱歉……我好像太自以為是了，明明我自己也很糟糕，根本沒有資格說別人，還對別人說教……哇，真的很抱歉！這是我的壞習慣！」
她慌慌張張胡亂揮動雙手的模樣，跟剛才凜然的態度截然不同，我忍不住笑出來。
「啊，不會，沒這回事，反而一針見血，還好妳點醒了我。」
感覺她平常應該隱藏了這一面吧。要是像這樣隨意打探別人的隱私，肯定會和誰鬧翻吧。不過，真是個善良的女孩，以我的基準看來，能面對面談論這種事，是十分「有魅力」的。除了什麼都想弄清是非黑白的這種個性……
「妳感覺比較適合黑髮。」
我不假思索地說道，說完後又覺得很像追女生說的話，急忙想要收回，她卻搶先一步笑了。
「那……不如這樣吧。」

她用手指捲著亮栗色的頭髮說：

「如果你繼續踢足球，我就把頭髮染黑。」

我目瞪口呆了一會兒後，耳朵整個發燙了起來。

「……妳這樣很賊耶。」

「會嗎？」

「妳還滿壞心的吧。」

「才沒那回事呢。」

「看起來挺機靈的嘛。」

「重點在於這裡嗎？」

仔細一瞧，她也有些難為情的樣子。

「可以把那顆球借我一下嗎？」

我一臉疑惑地將球遞給她，她把球放到地面，用樂福鞋的鞋底熟練地滾動足球。

「我過去也是個足球少女喔，還滿擅長挑球的，以前啦。」

她輕輕笑了笑，用腳底將球滾向自己，再用腳尖勾起球停在腳板上。到這裡為止都還有模有樣的，但用力將球往上踢後，球飛得太高，當她想要踢第二次時，球碰到樂福鞋的鞋尖，朝我這邊飛來。

「不能把球踢那麼高啦，球技好的人，每次球彈起的高度都差不多。」

我輕輕地將球停在腳尖，咚咚咚地增加踢球的次數。別說挑球了，我甚至很久都沒踢球，但身體還牢牢記住踢球的感覺，讓我自然而然就能控制上下跳動的足球軌道。

她不知不覺站在我的面前，露出不懷好意的笑容。

「你好像踢得很開心呢。」

我不自覺地踢得入迷，數著挑球的次數，聽見這句話後，隨即感到不好意思，用雙手抓住踢得有點高的球。我不敢直視她，但我知道她還在看著我。

「有沒有想要繼續踢足球了？」

我凝視著手中的足球，被河岸的泥土弄得有點髒的足球，竟然看起來比扔在房間裡乾淨光亮的時候還要閃閃發光。

「……我考慮看看。」

我好不容易才如此回答，我用雙手緊抱住足球，像是要將它壓扁一樣。

「好的，請你考慮看看。」

她說完後，看了看自己的左手，確認手錶的時間後呢喃道：「我差不多該走了。」

「那麼，再見囉。」

她轉身背對我。

「欸！」

我不禁朝著她的背影發出聲音，要是錯過這次機會……她瞪大雙眼回過頭——

「等到各種事情都解決了，騰出時間後，我會再來這裡，到時候，那個……」

「……到時候怎麼樣呢？」

「那時候……請、請告訴我妳叫什麼名字。」

她眨了眨眼，臉頰微微泛紅，宛如秋櫻。

「……好的。我等你！」

不知名的她莞爾一笑，誇張地敬了一個禮。

＊

……還是說，我已經不踢足球了呢？

我將信揉成一團，笑道：

「別擔心，我會一輩子踢下去。」

新年到來，今年第一聲「我出門了」，感覺有點強打起精神。我走出家門，跨上腳踏車。

總覺得肩膀僵硬。約一年半沒穿的足球社運動服，像是在表達不滿似地有些緊繃。隔了許久真正放進足球的亮面運動包在我的背上跳動，新年的空氣微微滲進剛剃好的光頭，我搓揉著頭，慢慢騎向學校。

今天足球社從下午開始就有新年第一次的足球練習，我決定從這天起回到社團。雖然她說只要以別的形式繼續踢足球就好，但我認為既然要繼續，還是得在社團活動踢下去。因為有人從球場上呼喚我，那傢伙害我逃離社團，又成為我回社團的理由，互相抵銷了。

我途中繞去郵局，要去寄時光膠囊。

不論是立體信封袋，還是裡面的茶色信封，全都破破爛爛的，於是我擅自將它們換掉，用家裡有的餅乾空罐裝。我把很久以前流行過的卡通人物圖案的餅乾罐從壁櫥的角落挖出來，我曾經猶豫高中生用這麼幼稚的空罐裝好嗎？但它既堅固又夠大，足以裝進剩下的信，最後還是妥協了。我把罐子裝進小型的Amazon紙箱，用非標準尺寸的郵件寄出，雖然郵費比較貴，但反正只寄一次，其他人應該會願意負擔這點費用吧。

離開郵局後，透明的天空在眼前擴展開來。好久沒仰望天空了，過去我一直低著頭走路，不過，現在的我能望著前方行走。

跨過校門走向校園後，已經有少數的社團開始集合，其中也能看見森脇的身影。他望向這裡，與我四目相交後，微微瞪大了雙眼。

一月的球場。

之所以看起來有點寬廣，是因為我偷懶太久了嗎？

我深呼吸，冷冽的空氣一口氣灌進肺部，五臟六腑瞬間緊縮。我輕輕觸摸亮面運動包的側面，抱著櫻花的城市貓在那裡奸笑著。

再過一陣子，就能回到河岸了。

「我來球場了。」

我輕聲低喃，踏進球場。

三、
染谷優

就算聽到高三春天，我也沒什麼危機意識。

因為夜間部大多是四年制，讀日間部的人應該不知道，高三並非是最後一年。

但說到有沒有升學就業調查，倒也不是沒有。我臉朝右趴在書桌上，盯著空白的調查表，無論盯著再久，依然是一張白紙。

問我畢業後的出路嗎？能不能上大學還不知道呢。我腦袋不靈光，又沒錢，沒幹勁，也沒什麼夢想。

本應在調查表上滑動的自動鉛筆，自然地移到書桌一角，開始吐出一圈又一圈的黑線。沒多久，便形成圓滾滾的輪廓，不自覺地加上兩隻耳朵，中間再畫上圓圓的眼珠，便完成了一隻貓。我從以前就喜歡漫畫，畫功還搬得上檯面。

「喂，染谷！日間部的學生也要使用，不准在桌面塗鴉！」

眼尖的班導出聲喝止，我愛理不理地回答：「喔。」誰管日間部的人啊，我是不知道白天坐這個位置的人有多乖啦，但要是因為一隻貓的塗鴉就抱怨，度量未免也太小了，成不了什麼大器。

「出路啊……」

我在貓咪的塗鴉加上裝飾，渾渾噩噩地想著：

問到出路，大多數的人會回答上大學，也有少數的人會回答以後再說。換句話說，就是所謂的夢想。想當醫生、想當飛行員、想當運動選手……如果只寫這樣，跟小孩子的童言童語沒兩樣，高中生已經是能夠思考為達目的該如何規劃的年齡；具體來說，就像是讀醫學院、讀航空大學、出國留學，接受運動訓練之類的，把出路制定得更精確。要不然可以寫想去哪所大學、想讀哪所專門學校，各自找到一定的目標，為實現目標而努力，這就是所謂的選擇出路吧。

但我完全沒有任何想法，所以調查表今天也呈現空白狀態，未來一片黑暗。

可能是好奇我畫了什麼塗鴉吧，隔壁的女學生一直偷瞄這裡，我惡狠狠地瞪了她一眼，將調查表塞進抽屜中。

＊

從國中時期開始，我就因為素行不良而聞名全校。

明明小學時還滿乖巧的，上了國中卻立刻染上抽菸喝酒這類惡習。不否認我交錯了朋友和學長姊，但結果選擇近墨者黑的還是自己。

國中三年來，我沒有參加社團，無所事事地度過。然而時光卻飛快地流逝，直到高中考季來臨，我才終於意識到自己與周圍的學力差距。班導傻眼地表示我只考得上一所學校，是一所還滿有名的升學學校，我驚訝地想：這學校還不錯啊。結果老師指的是夜間部。據說偏差值[註2]比日間部低了十，最多還能差到二十，是不至於多爛啦，但跟其他上日間部高中的人相比，還是有點丟臉。

但選擇不多的我沒什麼資格嫌棄，雖然也有機會考上其他日間部高中，但離家遙遠，我又想打工。既然如此，還是選擇時間容易調配的夜間部比較好吧，因此我還是報考了那所夜間部高中。

夜間部從下午五點二十分開始上課，一堂課四十五分鐘，總共要上四堂課，晚上九點放學。第二堂下課後會提供晚餐，放學後也有社團活動。由於上課時間明顯少於日間部，因此必須讀四年。日、夜間部的社團活動時間都不長，但似乎小有成績。

上課無聊的程度，我想跟普通高中沒什麼差別；授課內容水準不平等，但無聊的程度倒是一樣。因此有許多沒在聽課、打瞌睡、玩手機的學生，我通常不是在睡覺，就是在塗鴉，不過考試還是考得不錯。這所高中的夜間部就是這樣的程度。

讓我覺得考慮畢業出路這件事，根本是不知天高地厚。

我沒有參加社團活動。在學校，我把所有心思都放在如何熬過無聊的課堂；在家裡，我基本上是無所事事。老實說，在床上看喜歡漫畫的最新一集時，是我感覺最充實的時刻，甚至認為自己是為了知道這套漫畫的結局而活。在這個作品不斷推陳出新的年代，不乏令人好奇結局的漫畫，每當此時，我的壽命也會繼續延長。但我沒有想要自殺就是了。

上午睡回籠覺，偶爾打個工，傍晚去學校，剩下的時間我幾乎都在自己的房間裡度過。有時會跟國中混在一起的朋友聚聚（其中也有人跟我念同一所高中），但最近也懶得無意義地耍狠，因此也越來越疏離。若說我是繭居族我也無法否認，我完全生根盤踞在拉起窗簾的密閉房間中，每當離開這個地方，我就覺得自己宛如被拔出盆栽的植物。

︿註2︿ 指相對於平均值的數值，是日本對學生學力的一種計算方式。一般認為偏差值越高學力越高。

當然，我並不期望有所變化，也不希望改變。

然而，四月的某一天，突然有異物混進我一成不變的日子裡。

回到家，發現房間前放著一樣奇妙的東西，那是一個正好能放進餅乾罐大小的小型紙箱。實際打開後，不出所料，果然放著一個四方形的餅乾罐。是卡通人物的圖案，而且那個角色還滿眼熟的。

是一隻貓人，頭上還戴著新月圖案的大禮帽。

「……這傢伙叫什麼來著？」

小時候著迷的漫畫裡有這樣一個角色。他是怪盜，是所謂的義賊——簡單來說，故事情節算是亞森羅蘋那類的走向。盜取壞人的財寶，救濟窮人的貓男爵。他的真面目是一名過去作惡多端，因此遭到懲罰被下了詛咒的壞人，他為了贖罪化身義賊，持續給予人們希望，總有一天將會解開詛咒——好像是這樣的設定。但事實上，就像是亞森羅蘋加紅豬除以二的故事。

人類應盡的義務，一定有「唯一正解」——這就是貓男爵的信念，他雖然內心糾結於自己的正解是否為當個義賊，但仍舊持續救濟人們。他現身於新月之夜，偷取壞人的財寶，或是將他們幹壞事的證據攤在陽光下，不對，是新月下。我記得他叫作——

「……克魯瓦先生。」

提到新月我就想起來了，是克魯瓦男爵。不過漫畫中有個角色叫他克魯瓦先生，於是周圍的小孩都這麼叫他。現在回想起來，那顯然是在暗喻可頌麵包（Croissant）[註3]，男爵喜歡吃的食物也是可頌麵包。成為高中生後，我才知道Croissant在法語中是新月的意思，畢竟亞森羅蘋是法國的作品，所以克魯瓦男爵也取了法國名吧——話說回來……

「是誰寄這種東西來鬧啊？」

看來不像是有人寄伴手禮來。打開蓋子後，背面貼了一張奇妙的紙。

請嚴守下述規則：

・只拿自己的，不看別人的（保護隱私）。

・不對他人的時光膠囊惡作劇（高中生不幼稚）。

・看完後，寄給通訊錄上的下一個人（身為同學的義務）。

〈〈註3〉〉可頌麵包（Croissant）日文為クロワッサン，克魯瓦先生則是クロワさん，音近。

「啥？」

嘴裡吐出愚蠢的感想。

裡面裝的確實不是餅乾，而是堆積如山的信封，乍看之下大概有二十封。放在最上面的是……通訊錄嗎？又是個令人非常懷念的東西……

我再次凝視蓋子背面，發現下方還寫了一行小小的注意事項。

要號召全班同學一起挖出來太麻煩了，就照班級通訊錄的順序傳下去吧。據說——

這是小山丘第六小學一年一班製作的時光膠囊。

據說？

看來，一開始寄時光膠囊的始作俑者跟寫這張紙的是不同人。不過，竟然有如此隨便處理的時光膠囊啊，我想收到的人都會這麼想吧，這樣最好是能保護隱私啦。不過，小學一年級的話……是十一年前了啊，話說回來，以前好像有一堂課是寫信給十年後的自己。

「我有寫嗎……」

我抱著罐子走進房間，翻找信封堆後，看見了幾個熟悉的名字，但現在我和那些人也都疏遠了。自己的信放在下方，拿出來一看，簡單的白色信封上醜陋的字跡寫著收件人姓名。

我來看看，小學一年級的自己，究竟寄了一封什麼樣的信來。

給十年後的我：

只是看見這個開頭就已經感到不耐煩的自己，大概是鈣質不足吧，我仰躺在床上接著讀下去——

十年後的我會四什麼樣子呢？十年前的我很普通。我在練空手道，可四我其實想踢足球——

先不管把「是」寫成「四」這種愚昧的錯誤。

「對喔，我小時候學過滿多才藝的呢。」

空手道也是其中之一，可是沒學多久，小學一年級的秋天就沒繼續學了——之後好像開始學游泳，但也沒學多久，接著學體操，然後是習字……感覺小學低年級時接連學了不少才藝。父母好像在兒童時期踢足球受過重傷，因此至少低年級時不准我學球類的才藝——所以我才沒去學踢足球，這件事我記得很清楚。

也想打棒球、網球和籃球，不過，媽媽應該不准。成為高中生的我，四不四有在打球呢？如果有，請代替我盡情運動。

之後，我在小學高年級的社團活動時，多少有體驗過球類運動。四年級踢足球、五年級打籃球、六年級好像是打排球。結果每一項都跟之前學才藝時一樣，三分鐘熱度，沒有想繼續學下去的想法。

那時的我就像克魯瓦男爵一樣，相信自己真正想做的事只有一個正確解答，就如同一加一等於二。但每項球類運動計算出來的答案有時是三、有時是四、有時是五，根本不是正確解答。

當然，就算不四運動，如果你找到什麼重要的事情，就請努力去做吧。

只有最後一句寫得特別打動人心。

「我以前是這種小孩嗎？」

我翻過信箋低喃。感覺比現在的我要成熟太多了，真是諷刺。

「其他人都寫些什麼呢……」

我將自己的信紙扔在書桌上，隨便看到哪一封信就打開來看，看了兩、三封。誰管什麼隱私啊，誰叫有人要把時光膠囊寄給我。不過，那幾封信寫的內容都大同小異，一點都不有趣。反正小學一年級的腦袋所能想像出的自己未來的模樣，應該都差不多吧。寫的都是平假名，字真醜，筆跡看起來也越來越相似。

我立刻就膩了，將時光膠囊放回紙箱，踢到床底下。

結果響起「鏗」的一聲，似乎是撞到了東西。

奇怪，我有放《JUMP》以外的東西嗎？

我低下頭窺視床底，發現找不到機會丟結果大量堆積的《週刊少年JUMP》和剛踢進的餅乾罐，更內側還有一個差不多大小的盒子。

其實，我以前曾經以為我找到「唯一的正解」，我記得我將它收進了那個盒子裡。

「啊……原來在這裡喔。」

我直接將時光膠囊和那個盒子硬塞進床底下。

「算了。」

*

我在書桌上畫下那隻貓的一星期後，發現了一行小字。

之所以沒擦掉那個塗鴉，只是單純想反抗那天怒罵自己的教師和想惹日間部的人不爽罷了，所以並沒有特別注意桌面。等我發現時，那隻貓咪的旁邊畫上了一個對話框，裡面寫著一句小小的感想。

真可愛，好會畫喔。

那是用自動鉛筆寫下的字，字跡圓圓的，很工整。大概是白天坐在這個位子上的日間部學生吧，不是男生寫的字。要是有男生留下貓咪塗鴉很可愛的感想，我會揍扁他。

「很會畫嗎？」

很久沒有人這麼誇我了，我本來就很少被誇獎，感覺還不賴。

我買了《JUMP》，本來要在上課看的，現在不看了。我拿出鉛筆盒，難得有人欣賞，我便保留之前那隻貓咪塗鴉，想在旁邊再畫一隻貓。本來有一瞬間想改畫狗的，但對方可能喜歡貓，所以我決定畫貓。不久，書桌角落便出現兩隻相對的貓，像漫畫的其中一格。我也覺得自己卯足了幹勁，第二隻貓明顯畫得比較精細。

謝謝。

我在第二隻貓旁邊畫上對話框，寫上小字表達感想。

本來以為互動會到此結束，但隔天到了學校後，我不經意地望了書桌角落一眼——又看到新的文字。第一隻貓旁拉出的對話框中，之前的留言被擦掉，寫上了新的文字。字體一樣圓圓的又工整。

你喜歡貓嗎？

感覺真不錯呢。

這種像漫畫一樣的對話方式，感覺真不錯。

對方寫的是問句，我可以擅自解讀成對方期待我回覆吧？

我沒有改動貓咪塗鴉，而是改寫了第二隻貓咪對話框裡的文字。

不算喜歡貓，算是喜歡畫畫吧。

我不假思索地寫下這句話後，有點猶豫，又擦掉了。

比起貓，我更喜歡狗。

我並非不滿意新寫上去的文字，只是不知為何，總覺得桌面上的貓咪那一天看起來臉很臭的樣子。

總之，我和對方就這樣展開了奇妙的筆友關係。

兩隻貓咪維持現狀，每天互相更新對話框裡的文字，就像漫畫的對白一樣。寫太多字會引人注目，還可能被別人看到，所以不能寫得多詳細，但我還是一點一點慢慢地了解「她」的事。

她是日間部三年級的女學生，喜歡貓也喜歡狗，討厭數學，討厭芹菜，參加的社團是美術社，所以她也很會畫畫。她偶爾會在文字中塗鴉，雖然畫得很小，但莫名地有真實感，很吸引人目光。

她稱呼我為阿夜，夜間部的夜；我當然稱呼她為阿日，日間部的日。

整個四月，我們頻繁地持續一天一句的通信，漸漸了解彼此的事。

老實說，我很熱衷，熱衷到連我自己也驚訝的地步。她的價值觀很獨特，和個性乖僻的我的感性，如同形狀互補的拼圖一樣，完全契合。當然，只是我單方面這麼想，對方應該沒有對坐這個座位的另一個人產生如此深刻的移情作用吧。我也並非對對方抱有戀愛情感，我沒有那麼浪漫。

只是，樂在其中。

最低限度的簡短文字交流，託付給書桌上貓咪的每一句話，都確實傳達給對方的實際感受，以及對方回覆的話語也確實打動我內心的舒暢感。

我想，如果直接聽到聲音，肯定不會帶給我這樣的感受吧。有些事情就像週刊漫畫雜誌、小說對白那樣，只有化為文字才能傳達。

對了，我前陣子打開時光膠囊了，以前的自己跟現在的自己實在差太多，笑破我的肚皮了。

寫下這些自嘲文字，是在黃金週結束的五月第一週。

桌上對話的要訣就跟上述一樣，抓住重點、簡潔表達。寫太長被人看見尷尬，也會嚇到對方，所以我沒有提到時光膠囊是寄來的，以及信件的內容等細節。

隔天來學校後看見她的回答，因為中間隔了一個黃金週，我還擔心日間部會不會換位子，看來沒有，讓我鬆了一口氣。

我懂……小時候所描繪的未來的自己，跟現在的自己截然不同，根本不如想像中那樣成熟。

沒錯，說進我心坎裡了！

我如此想著，並在代表自己的那隻貓咪的對話框中滑動自動鉛筆，無聊的課堂早被拋諸腦後。

小時候明明覺得高中生看起來很成熟，但實際變成高中生後，才發現根本沒那麼成熟，當時覺得應該能做出更偉大的事。

真的。

不過，實際成為高中生後，根本什麼都做不到。社會把我們看作小孩，我們有時會虛張聲勢、假裝成熟，但當我們這麼做的時候，果然還是很幼稚、不成熟，像個小孩。我們依然被貼上「小孩」的標籤，關在學校這個牢籠；不管做什麼都會被父母、老師、大人說這個不對、那個不行，以高高在上的態度說教。

仔細想想，我從以前開始或許就是為了逃離這種束縛感，才沉浸於漫畫中。在漫畫的世界，弱能勝強、能主張正論、能高聲吶喊自己沒有錯。我曾嚮往過那樣的世界，以為成為高中生後，自己也能像那樣生活——

隔天的回覆很簡短。

阿夜沒有夢想嗎？

夢想。

那天我難得停下寫回覆的筆。

我沒有夢想——不，可是……

八年前某段時期懷抱的那份感情，突然閃過我心頭，令我內心產生劇烈的波動。

＊

那年春天，我升上小學四年級。我就讀的學校每年都會換班，那年也不例外，在升級時更換班級，由於本來就只有兩班，所以幾乎都是些熟面孔，也有幾個以前的同學又再次同班。「她」也是其中一人，一年級同班後就分班了，睽違已久終於再次同班。

我想不起她的名字，所以，暫時先稱呼她為A吧。她很會畫畫，但是當初我並不知道這件事，也對A沒什麼太大的興趣。

當時我才剛放棄學習合氣道，一樣過著學什麼都三分鐘熱度的日子。休息時間就踢踢足球、打打籃球，想做什麼就做什麼，但完全沒有想增強實力或是憧憬這類……該怎麼說呢，這類強烈的情感。

六月換位子時，我坐到A的隔壁，我就是那時候發現她很會畫畫。她用上課也會使用的B鉛筆，在空白筆記本上流暢地畫出花朵、天空和小鳥，老實說，畫得真棒。

當然，如果只是這樣，我應該不會注意她吧。我跟她之間還有另一個交集。

她常常出現在圖書室。她並非文學少女，看的大多是漫畫，雖然小學圖書室裡的漫畫都很舊，但我也喜歡看漫畫，所以常常跑到圖書室。

我所謂的交集，是那間圖書室的漫畫。當時我看的那套漫畫，第四集碰巧不在書架上，而在圖書室的書桌前看那本漫畫的，恰巧就是她。

我因為太想看那本漫畫，就一直猛盯著她瞧，她再怎麼遲鈍也肯定察覺到我的視線了吧。她抬起頭與我對上眼，於是我便像是想要掩飾尷尬似地問她：

「那是第四集嗎？」

她害羞得連忙將臉藏在漫畫書後，但我知道之後她為了我很快地把第四集和第五集看完，下次休息時間我去圖書室時，她正在看第六集。好像是顧慮到我，不想讓我追上她看書的速度。

從那之後，我們便慢慢開始交談。人真的不知道會因為什麼契機而熟識起來。

喜歡什麼漫畫？喜歡什麼動畫？喜歡什麼故事？喜歡怎樣的圖畫？崇拜怎樣的登場人物呢？

起初只是生硬地聊聊這些話題。不過，A也非常喜歡漫畫，再加上她就如同上述所說的，畫圖畫得很棒，不管我要求她畫什麼，她都能巧妙地重現出來。我也曾請她幫我畫克魯瓦男爵，除了搞錯鬍鬚的數量外，其他都畫得唯妙唯肖，我當時還天真的以為根本是作者本人畫的吧。在開心與驚嘆的同時，我也很憧憬她那雙能自在操縱線條的手。看她那白皙纖細的指尖，用一枝鉛筆描繪出嚮往的漫畫世界角色的模樣，令我情緒高漲得起雞皮疙瘩。那時我非常熱愛漫畫，但卻沒有意會到漫畫有怎樣的製作過程，那是我第一次體認到原來漫畫的角色是由人的手創作出來的。我也想畫畫看——那種心情越來越強烈，不久後，我自己也握起畫筆。

＊

八年前，那一段時期，我或許真的找到了夢想，但結果還是半途而廢。那一定不是正確解答——我一笑置之，笑著笑著也忘了自己曾經畫過什麼樣的漫畫。

沒有耶，我沒有夢想。

我在書桌上寫下這樣的回覆，那天我踏上歸途後，心裡依然十分煩躁。回到家，我立刻窺視床底下，擺在最前面的時光膠囊便印入眼簾。話說回來，我必須把這個寄給下一個人吧，真是麻煩死了。

我先把時光膠囊移開，把放在後面的箱子給拉出來。蒙上一層灰的另一個餅乾罐裡，裝著對我來說比床底下的色情書刊被發現還要羞恥的東西。

打開罐子，裡面是一本舊空白筆記本，封面上還留著大大的室內拖鞋鞋印。

我為什麼沒有丟掉？而且為什麼那麼珍惜地收藏起來？

我小心翼翼地抓起邊緣泛黃、蜷縮起來的筆記本一角翻閱，發出啪啦啪啦的聲音，我像是早已鎖定目標似地翻到那一頁。

頁面的正中間，用尺劃分出均等的格子，格子裡畫著用鉛筆描繪、輪廓歪七扭八的角色，以及空白的對話框。

「……畫得真爛。」

我低喃著將頁面往回翻。一頁又一頁地翻個不停，不久後便翻回第一頁，開始照順序閱讀。

那是占據巷弄的一群野貓，宛如幫派成群結黨爭地盤的故事，很顯然是受了克魯瓦男爵故事的影響。

主角花貓不屬於兩個派別中的任何一派，膽小地躲在巷弄更深處的地方生活。有一次，牠在無意中得知自己擁有兩個派別的血統，身世非常特別，因此領悟到自己有能力阻止這場抗爭——

只花了二十頁就將故事情節畫到這裡，進展的速度飛快。由於格子均等地劃分成四格，宛如四格漫畫情節進展快速的正統故事，卻超越現實到反而令人寒毛直豎。

先前畫著空白對話框的那頁，是一隻流浪的黑貓對猶豫著要不要阻止抗爭的主角說話的場景。由於花貓個性懦弱，又一直偷偷躲在巷弄裡生活，因此周圍的貓都瞧不起牠；花貓勇敢地想要阻止抗爭，卻被其他貓咪取笑而意志消沉。「也對，像我這種貓怎麼可能有辦法阻止抗爭呢。」花貓說道，並自嘲地笑了。黑貓對牠說：

「　　」

這裡的臺詞一片空白，是畫到一半的最後一格。我自然而然地拿起手邊的原子筆，寫下這句話：

「你別取笑自己想做的事啊。」

寫完的瞬間，內心湧起一股難以形容的奇怪感覺，我立刻撕掉那一頁。

「……煩死了。」

我將它揉成一團，扔到桌上。

因為我知道那句話就像是對我自己說的，而且事實上，那句對白是以前別人對我說過的話。

沒錯，記得是A對我說的。

*

「染谷、千代田，只有你們兩個還沒有交升學就業調查表，快點交給我。」

「……是。」

坐在隔壁的女生輕聲回答。她叫千代田嗎？我現在才在思考這個問題，並且也隨便回答了一聲：「喔……」目光卻停留在貓咪的對話框上。

這樣啊，希望你能找到夢想。

那天看到阿日的回覆後，我一樣遲疑了片刻，無法下筆。

阿日妳有什麼夢想嗎？

儘管覺得這只是個避免冷場的問題，我還是寫下這句話，因為想不到要寫什麼。

我有想去念的大學。

等我看到回覆時，已經是星期一了。

「想念的大學啊……」

日間部的偏差值應該滿高的，光憑桌面上的對話無法推測阿日會不會讀書，但總覺得她想考的大學分數應該滿高的。

不過，感覺她不論考上哪所大學，都能過得很好。

即使是透過桌面的對話也能了解阿日的人品。漂亮的字跡和工整的線條，偶爾隨手添加上去的小貓插圖。以漫畫角色來看畫得不夠可愛，但那纖細又獨特的筆觸很有她的「風格」。我擅自妄想她肯定是個既纖細、有點憂鬱，但又討人喜歡的女生。

「……不知道她長得怎麼樣。」

聽見我嘟噥而出的這句話，連我自己都嚇了一跳。

言外之意是想要見她，雖然沒有人聽見我這句自言自語，但我還是拚命地乾咳，就像要掩蓋這句話一樣。

那一天，我寫不出任何一句回覆。

而自那天起，她也沒有再回覆任何一句話。

＊

「你也稍微整理一下房間吧，不要把《JUMP》都堆在床底下！啊啊，還有，今晚好像會下雨，記得帶把傘去。」

資源回收日當天早上，母親在我要出門去便利商店打工前念了我一下，我只好搜括床底下。我偶爾會從舊的《JUMP》先扔，但每週都會堆積，結果還是完全沒減少，完全陷入惡性循環。今天我又「偶爾」挖出十本舊《JUMP》，用繩子綁好要拿去丟。

走出房間之前，我不知道哪根筋不對勁。裝著時光膠囊的罐子本來是放在寄來時的紙箱裡擺在床底下的，但在挖出《JUMP》的時候也移到前面來，從床底一角露出來。

這個寶箱裡塞滿孩子們對夢想的憧憬。

那對現在的我而言，太過耀眼。

——丟了吧。

就像是一瞬間趁虛而入一樣，耳邊響起惡魔的呢喃。

沒錯，丟掉吧，反正之後的人也不知道時光膠囊的存在。要寄給下一個人也很麻煩，乾脆跟資源回收一起扔出去。

我抱著《JUMP》和紙箱走出家門，出門後右轉，走向附近的垃圾收集場。走路的途中，餅乾罐在紙箱中搖晃，發出鏗鏗鏘鏘空空蕩蕩的聲音。耳朵接收到的全是這個聲音令我十分不耐煩，我半路停下，將耳機塞進耳朵，聽著超大音量嘶吼的歌曲。即使如此，餅乾罐的聲音還是穿過間奏，鑽進我的耳朵裡。

收集場已經堆滿了當天的垃圾。

我粗魯地扔掉那捆《JUMP》，然後抱著紙箱慢慢地彎下腰——

＊

拿起畫筆的我當然是拜A為師，A好像在正規的繪畫教室上課，她從基礎到略難的繪圖技巧都一一教我。我學會了一點繪畫能力後，便開始在空白筆記本上用尺分格，畫上自己原創的角色，填上對白。當然，我只讓A一個人看。雖然畫得醜、故事又老套，但她卻總是笑著說很有趣。嘗到創作的喜悅和被人誇讚的歡愉，對我來說是幸運的事。

不過，現實的殘酷也讓我體會到創作者的宿命往往是毀譽參半，結果造成我的心靈嚴重受挫。

放暑假前，那是個積雨雲在晴空中慢慢膨脹的美麗夏日。

下課二十分鐘，我在外面踢完足球回到教室中，我的座位旁聚集了許多人。主要是男生，女生則是在男生的四周遠遠觀看。

學校這個地方非常不可思議，班上一定會有一個領袖氣質的男生，就那年小山丘第六小學四年二班的情況來說，就是B——這裡我暫且稱他為B。

B好像得洋意意地高舉著一樣東西，我瞇起眼睛，看清那是什麼東西的瞬間，腦袋一片空白。

公開在大庭廣眾之下的，是我的空白筆記本。

仔細想想，那是有跡可循的。時序進入七月後，經常交換筆記本互看的我和A，時常被班上的同學調侃，在黑板上畫愛的小傘，下面寫上我們的名字，是低俗的小鬼會做的事。我沒對其他人說自己在空白筆記本畫漫畫的事，但這種事情只要從後面偷看一下就能知道。就算不從背後偷看，畢竟我一整天都對著空白筆記本沉迷地滑動著鉛筆，也難怪B會好奇我那麼拚命到底是在幹什麼。

就結論而言，我覺得丟臉得要命。

那是當然的，小學四年級也有這點程度的羞恥心。自創的拙劣漫畫在班上被公開，淪為笑柄。況且創作這種行為本來就已經夠令人羞恥了，再加上這種傷害，處於多愁善感時期的孩子怎麼可能受得了。

所以，為了掩飾我難為情的心情，我當下決定採取的行動是，跟周圍的人一起取笑我自己。

「很好笑對吧。」自己否定自己，表現出一副被人取笑反而是得到關注的態度。表現出一副用自己畫的漫畫博取大家歡笑的態度，也正當化了嘲笑人的B的行為。然後我從B手上搶過空白筆記本，用自己的腳踐踏了它。就像為了證明自己不是基督徒而踩踏基督聖像一樣，印上大大的腳印。

所以，我無法把未完成的漫畫畫完，只能認為這並非我的「正確解答」。

A沒有笑，之後也斬釘截鐵地對我說我畫的漫畫很有趣，她很生氣我踩了自己的空白筆記本，還教訓我說：「不管你再怎麼覺得丟臉、想要開玩笑蒙混過去，也不能自己嘲笑自己。」可是，小學四年級的我還沒有堅強到認為只要有A支持我就好，也無法變得堅強。

所幸夏天馬上就要到了，之後立刻開始放暑假，班上同學暫時遠離學校生活。俗話說流言止於七十五天，但對於感興趣的對象變換速度之快的小學生而言，只要四十天就夠了[註4]。

開學後，「染谷優漫畫執筆事件」便從大家的記憶中淡去。進入第二學期，換了座位後，我跟A坐得比較遠，跟她的關係也漸漸疏遠了。有人還記得我曾經畫過漫畫，但我一樣拿那件事來自嘲，而且已經放棄畫漫畫了，之後就再也沒有人提起那件事——那件事成為我不堪回首的小小過去，刻劃在我的記憶中……應該算是件幸運的事吧。

五、六年級時我跟她分到不同班，沒有再交談，正好也是男女生開始意識到彼此是「不同生物」的時期。那時我心中沒有留下半點想要再畫漫畫的想法。

結果，在剩下的小學時光中，我沒有找到什麼讓我熱衷的事，上了國中也就自然而然地隸屬於回家社。國中明明是人生精力最旺盛的時期，但無所事事的結果，便導致那些精力無處可去，只能發洩在不正當的地方。再加上曾經學過空手道和合氣道這類武術一點皮毛，雖然我不想把原因歸在這一點上，但我的血氣似乎也非常旺盛，立刻便因為素行不良而被視為問題少年。

——即使如此，我想我心裡的某個角落還是一直掛念著畫漫畫這件事。

所以我才會沒把自己第一次畫的那本漫畫丟掉，收藏在床底下。我從小就習慣把捨不得丟掉的東西收到床底下。

*

打工之後，我直接去學校。

搭上電車後我一屁股坐在空位上，將紙箱放在行李架上，嘆了一口氣。

〈註4〉日本學生的暑假大約從七月下旬~八月下旬，大概四十天左右。

我忘記撕下貼在紙箱表面，收件人欄上寫著自己姓名的單據，然後，附近的大媽正好來丟垃圾。我實在沒膽子不顧他人眼光，把沒分類的垃圾丟了就走……這個藉口說得倒是挺像樣的，但其實我比誰都清楚，事實並非如此。

而是丟掉時光膠囊這件事會讓我產生罪惡感，真是自以為是。

「裝什麼乖寶寶啊……」

我瞪著行李架上方低喃，隔壁的上班族疑惑地看著我。嘖！看什麼看啊！

就算丟掉還是被人發現都無所謂吧，幹嘛臨時退縮啊。不過是一個時光膠囊，幹嘛那麼珍惜地抱著啊。明明國中時幹盡了壞事，就連第一次抽菸時也沒有猶豫，毫不顧忌他人眼光，直接放進嘴裡了不是嗎？幹嘛現在還在意那些十年前寫的信啊？排在我後面的人看不到那些信，也不會對他們的人生造成什麼阻礙不是嗎？

真是無聊透頂。

我「叩咚」一聲，把頭靠在玻璃窗上，閉上眼睛。

窗外的雨滴滴答答敲打著玻璃，外面不知不覺地下起雨來了。

「話說回來，我忘記帶傘了……」

我下意識地數著雨滴斷斷續續的旋律，數著數著，便迷迷糊糊地沉入睡眠的泥沼。

我奇蹟似地在高中那站醒來，沒有睡過頭。但下車時跟一群穿著日間部制服的女學生，還有背著網球包的男學生擦肩而過，這才發現我快要遲到了。日間部的社團活動已經結束，就代表到了夜間部的上學時間。雨沒有要停的樣子，我只好用書包擋雨，小跑步前往學校。

我在預備鈴響之前抵達教室，抱著一絲期待望向桌面後，今天貓咪的對話框裡依然一片空白。

果然是換位子了嗎？

就季節而言，新學期也過了大半時間，會在這時換位子也不足為奇。因為還有夜間部的學生在使用，所以我們學校換位子的方式是只有學生移動，書桌留在原位。因此日間部就算換位子，書桌也不會跟著移動，夜間部的學生根本不知道日間部的學生換了位子。總而言之，我跟阿日的連繫，就只有使用同一張書桌上課而已，我早就知道這個連繫遲早會斷。

我們再也不會有交集了嗎？

感覺自己又回到四月時的自己。明明沒什麼成長，我卻覺得在上課時塗鴉、打瞌睡、在教科書底下偷看《JUMP》非常浪費時間；突然意識到當我在做這些事的時候，有人正慢慢地在進步。隔壁的千代田今天也認真地盯著黑板抄筆記。

敲打玻璃窗的雨滴漸漸增加力道。我在書桌角落用橡皮擦擦掉一開始畫的那隻貓，擦掉後，感覺我們之間的連繫真的消失了，便趁勢也擦掉第二隻。

搭電車回家時，我發現自己心情非常輕鬆。抬頭望向空無一物的行李架，我這才終於發現自己沒帶時光膠囊。

我著急得有如熱鍋中的螞蟻，連我自己也嚇了一跳。

明明早上還打算把它丟掉，雖然後來打消了念頭；可一旦它消失在我面前，我的內心卻感到無比忐忑。我從位子上彈起來，衝到第一節車廂後用力拍打玻璃窗，嚇了列車長一大跳。

『很抱歉，沒有送到這裡呢。』

下了電車後我請他幫我打聽，尋找失物，但沒有人撿到裝有時光膠囊的紙箱，送到失物招領處。那麼是有人拿走了嗎？我想有可能送到車站前的派出所，按錯了好幾次號碼打電話詢問後，還是徒勞無功。

就算想找，從學校那站到終點站之間還有好幾站，要尋找在某一站下車的人物，簡直猶如大海撈針。

我茫然地佇立在月臺。夜晚的冷空氣使得被雨淋濕的制服更加冰冷，我開始打哆嗦，但我不清楚自己是因為寒冷而顫抖，還是因為內心動搖而起的雞皮疙瘩。

稍微冷靜一點之後，我心想是得到報應了吧。因為我曾經想要把它丟掉，所以遭到報應，讓我弄丟了它。

還是說，是惡魔實現了我的願望？因為我想要把時光膠囊丟掉，卻臨陣退縮，所以他替我丟掉了。

無論如何，錯都在我，要是我沒有冒出想丟掉的想法，就不會把它帶出門了。

「……算了吧。」

吐出這句話的瞬間，一股異樣感在心中擴散，這種感覺似曾相識。在黑貓的黑白對話框裡寫下對白時也曾有過這種感受——我「咚」地敲了一下胸口，深深吐了一口氣，像是要把這種異樣感驅趕出去。

不行吧。

必須找到才行。

那裡面還有別人的東西。

我又差點脫口說出「裝什麼乖寶寶啊」，但還是忍住沒說。裝乖寶寶有什麼錯？我是什麼時候開始覺得這樣很遜的？明明嘲笑差勁的自己才是最差勁的一件事。

之後，我一站一站下車尋找。裡面裝的不過是時光膠囊，就算有人拿走，我也不覺得會引起對方多大的興趣，也有可能對方確認過罐子裝的東西後就立刻丟掉了。

我每下一站就去派出所尋找，去失物招領處詢問。到了第六站時，末班車已經開走了，但我還是不死心地走路前往下個車站。我平常沒運動的雙腳，立刻就開始抱怨它疲累了，不久後也訴說它感到疼痛，但我全都不予理會。不斷行走，繼續尋找。

最後找完終點站時，已經是凌晨四點。

回到家時當然已經天亮了，兩手空空打開玄關時的空虛感異常地濃厚。早起的父母發出呆愣的聲音斥責我：「你以為現在幾點啦？」所謂的徒勞無功就是這樣吧。

「我到底在幹什麼啊……」

走進房間看向桌上，只有自己的信逃過一劫，讓我覺得非常煩躁。

我為什麼要如此執著呢？

我再次提出這幾個小時不斷問自己的問題。

我並不怕別人氣我、罵我弄丟了時光膠囊，大不了道歉就好。就算不找得那麼辛苦，也有好幾種方法能息事寧人。可以裝傻、當作根本沒收到，或是說被父母丟掉也行，怎麼樣都能蒙混過去。我早就習慣幹卑鄙的事了。

可是。

——**如果你找到什麼重要的事情，就請努力去做吧。**

可是，我卻覺得不能敷衍以前的我——那個小學四年級，熱衷畫漫畫時的我。

沒錯，我大概是害怕以前的自己的「目光」，畏懼那絕不可能感受到，過去的自己所投射而來的視線。大概從踐踏空白筆記本後開始，我就一直很懼怕……

但都已經那麼盡力去找了，還是找不到，我已經無計可施，這也是不爭的事實。

「也只能算了吧……」

在我屈服於強烈睡意的同時，這次我真的將那件事從自我意識中驅逐，吐出：「算了。」

＊

隔週，我不想去學校，心情很沉重，沒心情去。乾脆蹺課算了，但我又依依不捨地想起跟我桌面通信的阿日，期待書桌角落那已經不可能出現的回覆，疲憊地前往學校。

所謂的奇蹟，大概是在你放棄什麼的時候，毫無預警地來臨，才稱得上是奇蹟吧。

難得提早到校的我看見的東西，竟然是坐鎮在自己書桌上的小型紙箱。

我真的以為我的心臟要從嘴巴裡跳出來了。

紙箱下夾著一張對折的信箋，我顫抖著雙手打開後，熟悉的工整圓形字體整齊地排列其上。

好久不見，你好嗎？我是阿日。

我把你忘記的東西放在書桌上。我看見你把它忘在電車上，所以我就帶走了。莫非你在找它嗎？那麼很抱歉，我想說等星期一再拿給你就好……因為那天我們在電車裡擦身而過。

雙重震驚，我只能啞然無言，張口結舌。

「不會吧……」

不過……為什麼阿日會知道我就是阿夜呢？我們明明不認識啊。宛如在旁目睹現狀一樣，信紙上也解答了這個疑問。

我想你現在應該很疑惑為什麼我會知道你的長相吧。

阿夜……老實說，其實我知道你的名字。我也是小山丘第六小學畢業的，很早就認識你了。你的班上有個叫千代田的同學吧，她是我的朋友，我從她的口中聽說你的事情，知道跟我用桌面交談的人是染谷優。所以，當你提到時光膠囊的話題時，我馬上就知道那個時光膠囊寄到你那裡去了。

我小學一年級和四年級曾經跟你同班，說到這裡，答案應該呼之欲出了……你還記得我的名字嗎？提示是A。

小學一年級和四年級跟我同班，很會畫畫，認識我，而且——

「A……」

是偶然嗎？我把那個想不起名字的她稱作A，是下意識用她的羅馬拼音字首來代稱嗎……？不對，又還沒確定就是她……

跟你透過桌面交談，我聊得很開心。你還是一樣畫圖畫得很棒呢。雖然你說你沒有夢想，但我不這麼認為。你在小學四年級的夏天，的確曾經有過夢想才對，如果你還跟當時一樣，一直說服自己那不是你的夢想，我會覺得非常可惜。

所以，我要把當時對你說過的話，再說一次。

不要嘲笑自己想做的事。

我不會嘲笑你，現在也一樣。我和當時一樣，很期待有一天能看到你的漫畫。

——不要嘲笑自己想做的事。

會這麼對我說的女生，除了她以外，我還認識一個人。不對，搞不好，我只認識那一個人……

不好意思，因為日間部換位子，所以我沒辦法再透過桌面跟你聊天，但我會為你加油。我也會努力達成我的目標，期待有一天我們還會在某處相會。

信的最後畫了一個克魯瓦男爵的插圖，熟悉的字跡是阿日的，而那個克魯瓦男爵的插圖則是似曾相識。雖然非常接近作者本人畫的，但鬍鬚的數量搞錯了——

我再次望向紙箱。

那的的確確就是一個月前寄給我，裡面裝有時光膠囊的那個紙箱。事實上，上頭還留有當時貼上的單據。裡面裝著的，果然是餅乾罐。我打開蓋子後，之前提到的注意事項、通訊錄，還有信……全都原封不動地裝在裡面。

「真的假的……？」

我只是茫然地盯著信中的克魯瓦男爵，然後，突然覺得畫中的貓微微笑了笑，指著天花板。

我就讀的學校——青崎高中的美術室位於四樓，設備老舊，是校園中出了名的少數沒裝空調的教室。冬天很寒冷，會拿出暖爐。現在這個時期正好氣溫舒適，當天窗戶微開，吹進傍晚時涼爽的風。

日間部的學生已經放學了，但我感覺剛才確實還有人留在這裡。有一股淡淡的香甜氣息——窗邊立著一張畫布，像是在召喚我似地，我的目光不自覺被它吸引。畫布上畫著鮮豔又奔放的櫻花樹，雖然她以前不會用這麼明亮的顏色畫圖，但我知道這幅畫就是她畫的。

不知是什麼緣故，她絕對不使用藍色，現在畫布上也不見藍色。但盛開在夜間部看慣的晚霞下的櫻花，竟然令人聯想到光明、充滿希望的未來。

「原來是妳啊……」

我輕聲呢喃，哈哈笑了笑，突然覺得自己很滑稽，但已經不會覺得自己很悲慘了。

窗外明月朦朧，話說回來，今晚是新月。

*

六月，我前往郵局寄時光膠囊。

因為曾經丟失一次，讓我覺得不太吉利，所以換了一個紙箱；但找不到大小剛好的，只好使用大一點的紙箱。我把廢紙揉成一團塞在紙箱與罐子間的空隙做為緩衝材料，但不知道能起多大的作用。不過總之，把這個寄給通訊錄上的下一個人後，我的任務就此結束。

我在郵局窗口付完費用，把紙箱交出去後，終於如釋重負地鬆了一口氣。

當天上課前，我走向教職員室。因為被催促要交升學就業調查表，我帶是帶來了，但上面依然一片空白，我盯著那張表，不知該如何是好。

我走到教職員室前，發現有人先來了。是個一臉為難，猶豫不決的嬌小女生——她是坐我隔壁的，我想想，名字叫什麼來著？千代田？對了，這傢伙上次好像也被催說要交調查表的樣子。話說回來，她知道我在桌面上跟誰交談吧……

我自然而然地向她攀談。

「妳調查表寫了什麼？」

千代田嚇了一跳回過頭來，因為我是第一次跟她說話，她一臉警戒。

「我、我才不給你看呢。」

她用雙手將調查表緊抱在胸前。

「為什麼？」

「你一定會笑我。」

「我不會笑啦。」

「才不要！我會被笑，不給你看！」

千代田將調查表越抱越緊，然後像是下定決心般地走進教職員室，我苦笑著跟在她後頭。

突然，我的腦海響起一道聲音。

不要嘲笑——

自己想做的事，對吧，我知道啦。

我低喃出這句話，打斷她的聲音，微微一笑。

我想，沒錯，大概就只是這麼單純的一件事吧。

因為我一直對空白的調查表嗤之以鼻，想著什麼夢想啊，總是自己嘲笑自己，所以一直認真不起來。可是，若是真誠地面對自己，不嘲弄、態度認真的話——搞不好無所不能。

這麼想的瞬間，我的心中響起解開束縛的聲音，內心深處突然湧起一股宛如在夏天高空中逐漸膨脹的積雨雲般的強烈情緒。

想畫，我想畫漫畫，我想寫故事。想畫畫，想將故事畫成形。就像小學四年級的那個七月一樣！

四、
二之瀨美夏

「有您的包裹！」

「來了～～」

應門後，看見一位身穿藍色襯衫的快遞員抱著一個小型紙箱。

「妳好，有寄給二之瀨美夏的包裹。」

「啊，是我的。」

「可以請妳在這裡簽名或蓋章嗎？」

「裡面是什麼東西呢？」

我在鞋櫃上的鑰匙盒中邊找印章邊問，快遞小哥看了看單據，皺起眉頭。

「我看看，是時光膠囊。」

「咦？」

我不由自主地停下手邊的動作。

「上面寫著時光膠囊。」

「呃，是嗎……好。」

我茫然地在單據上蓋章後，快遞員便精神奕奕地留下一句：「謝謝您。」然後關上門，獨留我抱著品名寫著時光膠囊的紙箱站在玄關。

高三的梅雨季，一個陌生的寄件人寄給我時光膠囊。打開後，裡面是一個餅乾罐，周圍塞的紙團是避免碰撞嗎？蓋子的背面寫著一長串文字：

「要號召全班同學一起挖出來太麻煩了，就照班級通訊錄的順序傳下去吧。」

說明這是小山丘第六小學一年一班的時光膠囊，那的確是我曾就讀的小學和班級。

請嚴守下述規則：

‧只拿自己的，不看別人的（保護隱私）。

‧不對他人的時光膠囊惡作劇（高中生不幼稚）。

‧看完後，寄給通訊錄上的下一個人（身為同學的義務）。

「原來如此。」

我被迫接受這些規則，確認罐裡的信封堆。信封的數量已經為數不多，看來是前面的人都把自己的信封拿走了。我一時還擔心會不會找不到自己的，但寫著「二之瀨美夏」，字跡歪七扭八的信封確實收納在罐子裡。

來看看裡面寫了些什麼。

我帶著半好奇半害怕的心情拆開信封，拿出信紙。與可愛的小花圖案信箋毫不相稱，像蚯蚓蠕動般的文字，組合成一段又一段的字句。

二之瀨美夏您好：

十年後的大爺我，是什麼樣子呢？

看見信中突然稱呼自己為大爺，我不禁苦笑。

我現在喜歡踢足球跟足壘球。但是跟男生一起玩時，每次「黑白黑白」都是最後一個，明明我踢得比他們好，分隊時卻總是剩下給別人挑。

「真是懷念呢……」

分隊時我們學校會喊「黑白黑白我勝利」，用這種方式來分隊就稱為「黑白黑白」。那時我的確總是剩到最後，理由很單純，因為休息時間來集合分隊的人當中，只有我是唯一的女生。

我有時會想要生為男生，我不喜歡穿裙子，頭髮剪成短髮比較舒服，書包我其實也想要背黑色的。

啊啊，這個我也記得。

我曾經胡鬧著說想要黑色書包，讓父母傷透腦筋。我以前不喜歡像個女孩子，是真心想要成為男生，所以有一段時期我的言行舉止都像個男生。

當時我把頭髮剪得像男生一樣短，稱自己為大爺，也都跟男生混在一起玩，沒有穿裙子，搞不好比男生還要有男子氣概。現在回想起來，完全是不堪回首的過去。我自己不敢看當時的照片，更不想給別人看。這世界上我最不想被現在來往的朋友看見，應該說，絕對不能讓他們看到。

不過，有時候我也會覺得自己果然是女孩子呢。看到走在路上的女高中生，我會想說自己十年後也會變得像她們一樣漂亮嗎？十年後的我，說話會像女孩子嗎？有在穿裙

子嗎？有留長髮嗎？如果有的話，如果有像那樣變得像個女生的話，希望我能成為一個有魅力的女高中生。

「有魅力的女高中生啊……」

映照在房內全身鏡裡十年後（不，十一年後吧）的二之瀨美夏，染著一頭引人注目的栗色長髮，髮尾燙了微微的波浪捲，穿著短裙，化著妝的臉，跟以前截然不同。打扮自己，感覺也像是偽裝自己一樣。

手機突然響起，看見顯示在螢幕上的名字後，我吐出嘆息——這就是最好的證據——我想，我可能沒有成為小時候所想像、憧憬的那種女高中生。

*

到小學低年級為止，我一直被嘲笑是男人婆，我是國中時才真的開始感到自卑。當時我覺得自己果然還是個女孩子，因此不再自稱為小子，但在同學全是國小熟面孔的當地國中，我還是不斷被周圍的人取笑。即使穿制服裙子，別人也會在背地裡罵我是人妖、男扮女裝；只要留長髮，也會被當成是長髮男對待。雖說是國一生，但內心卻是小學七年級，還是小孩。男生更是幼稚。

我心想上高中後絕對不能再失敗，幹勁十足地就讀制服出了名可愛的私立高中。不顧父母的強烈反對，在春假期間染了頭髮，修了眉毛，還學習化妝技巧。成功華麗變身的我，洋洋得意地踏進校門，按照計畫順利地成為班上的漂亮女孩。

這些事情全都是桃子教我的。

原岡桃子。國中時，當我為無法擺脫男人婆的稱號煩惱不已時，她說我的底子很好，只要打扮一下就會閃閃發光。桃子聰明又漂亮，身材高挑，總是能勇敢表達自己的意見，我很崇拜她。我之所以會跟她上同樣的高中，一半的理由是因為制服，另一半則是因為她要讀那所高中。她可說是我國中時期唯一的好朋友。

——然而現在，我卻站在霸凌桃子的那一方。

*

「美夏，妳放學後要去唱卡拉ＯＫ吧？」

午休時優子問我。我原本在發呆，突然回過神抬起頭。

「啊，嗯。」

我隨口回應後，發現自己其實並不想去。我沒有那麼喜歡唱歌，而且大家唱得也沒有多好聽。

「美夏ＯＫ。不過，我還想再揪一個人耶～今天和香跟萬里都說她們沒空。」

優子靈巧地用她那指甲長長的手指邊操作手機邊嘟噥著。優子總是很在意人數，大概是覺得如果太少人去看起來會像是自己朋友很少，她不喜歡這樣；就我過去的經驗來說，起碼要四人她才會滿意。人數並不多。就算是三個人，也有相處融洽的小圈圈。

「不過，今年真是他媽的熱啊，不是已經梅雨季了嗎！」

理莎說話很粗魯。我最不擅長面對的是優子，其次是理莎。她們兩個人都不壞，但也不好——就是這種感覺。若說我有百分之五十的原因是為了制服才來上這所高中，那麼優子和理莎就是百分之百。想也知道她們腦袋裡裝的是什麼，但打死我也不會跟她們說。和香和萬里真要說的話，算是優子和理莎的跟班，不過我比她們還要弱，其實也沒資格批評她們。

「美夏妳有想到要約誰嗎？男生也可以喔。」

「不過只限帥哥。」理莎哈哈大笑地補上這句。
「別鬧美夏啦，她從來沒有帶男人過來啊。」
「因為美夏很純情嘛。」
「哈哈……」
我敷衍地一笑帶過。想不到要找誰是事實，別說男生了，就連女生……倒也不是。
我抬起呆滯的視線，發現前方坐著一個身材高挑纖瘦的熟人，便不假思索地脫口而出說：
「約桃子如何？」
優子似乎將注意力從手機轉移到自己的指尖上，她聽到這句話後，便心情不悅地抬起頭。
「……啥？」
慘了，最近連提到這個名字都是禁忌，更別說約她了。
「妳在說什麼鬼話啊，一點都不好笑。」理莎說。
「啊，我說笑的，抱歉……」
我畏縮地發出「哈哈哈」的乾笑聲，桃子微微轉過頭跟我對視了一眼，又立刻移開視線。

「我說啊，找岸本不就好了，這樣子就湊成四個人了。」

「咦咦，那傢伙要去社團練足球啦，他是足球痴耶。今年算是最後能踢足球的時期了。」

理莎和優子把注意力轉向談論優子的男友後，我藉機說要去廁所，脫離了現場。走出教室時，我瞥了一眼桃子。

我之所以會脫口說出她的名字，除了我跟她是舊識外，還有另一個理由。因為桃子在數個月以前，也是我們小團體的一員。

上了高中後，我很幸運地跟桃子同班，一年三班。班上也沒有其他亮眼的女生，這本來就是一所乖巧規矩的女生占大多數的正經學校。人長得漂亮，身材像模特兒的桃子，和醜小鴨剛變身為天鵝的我，老實說，令人看了覺得滿刺眼的。一年級時過得還算開心，但二年級分班時，我們被新同學優子——現在才敢這麼形容——看中，和理莎她們占據學校階級金字塔頂端的寶座。

桃子比較能配合他人，一開始也跟優子相處得很融洽，但她是有話直說的個性，經常跟毒舌的理莎發生口角。優子算是團體中的頭，但排名第二的桃子經常反對她的意見，所以分不清誰才是實質上的頭。

老實說，我在這個團體待得很痛苦，況且，我以前根本沒有加入過這種女生團體的經驗。

優子、桃子、理莎是前三強，和香、萬里和我像是金魚大便一樣，總是跟在她們三人的身後。我無疑是三弱中最弱的一個，但桃子動不動就維護我，和歌和萬里似乎看不慣這一點，兩人看我的眼神也越來越冷淡。

自夏天起，桃子就不太跟優子她們玩在一起。我們六人都沒有參加社團活動，放學後基本上都閒閒沒事做，桃子只約我一起玩。與其說是針對優子，我想桃子只是單純想這麼做，桃子的性情和這個團體合不來。也許她是知道我也不適合留在這個團體，才想把我拉出去吧。

但我還是沒辦法背叛優子。我很害怕。如果像桃子那樣堅強，或許在反抗優子後還能若無其事地度過學校生活，但我做不到。要是反抗優子，我不知道會受到什麼樣的報復。我現在才深深體會到，女生遠比男生還要恐怖幾百倍，國中時那些嘲笑我的男生，他們的眼神跟優子那比北極冰塊還要冰冷的瞪人目光相比，簡直是小巫見大巫。

桃子並沒有責怪我選擇了優子，沒選擇她，不對，我本來就沒有要選邊站的意思，桃子也不是那種小肚雞腸的女生。

但隨著桃子與優子漸漸拉開距離，我跟桃子之間的距離也等比拉開——沒多久，便發生了那個「事件」。

*

最後找了優子的男友達郎，四個人一起去唱歌。我問他不用去社團練習足球嗎？結果他好像裝病什麼的蹺了社團活動。我們學校不是什麼足球強校，所以偷懶也沒什麼壓力；學校附近有一所足球強校姬坂高中，聽說他們每天的練習都很吃重，但似乎無法引起達郎的共鳴。

我咬著哈蜜瓜汽水的吸管，迷迷糊糊地聽著優子和理莎唱歌。午休過後，教室裡就沒看到桃子的身影，似乎是早退了。我莫名地在意這件事，根本沒心情唱歌，反正麥克風也不會傳到我這裡來。

「美夏妳不唱嗎？」

達郎問我，於是我把嘴抽離吸管。通常我面對吸管的時間比面對麥克風還要長，但優子和理莎很少體貼地讓我也唱唱歌。

「因為我……唱歌唱得不太好聽。」

「她們也沒唱得多好聽啊。」

優子和理莎的合唱的確很不和諧，把甜蜜的情歌唱得像是沉重的單相思。

「岸本同學你也沒什麼在唱呢。」

達郎姓岸本，如果膽敢在優子的面前叫他的名字，我就死定了。

「我是個超級音痴。」

達郎笑道。

他不算特別帥，這種話要是說出口，優子一樣會宰了我，但我大概能理解為何有很多女生喜歡他。說他足球踢得好嘛，但只要女朋友約他，他還是會偷懶不去練習，這或許也是他有魅力的地方吧。況且，要是他正經八百的，不會缺席足球練習，優子一定不會跟他交往。濃眉、小麥色皮膚，一看就像是有在運動的外表，讓我想起以前的自己，內心隱隱作痛。

「那是什麼卡通人物啊？」

達郎指著垂掛在我手機上的吊飾，我低落的情緒立刻被點燃。
「這個啊！這個叫城市貓！很可愛吧。」
「咦？啊……妳的反應也太激烈了吧……」
啊，又嚇到人了，這場面真是似曾相識。
「會可愛……嗎？它的臉都皺成一團了耶。」
「咦～～就是這張臉才可愛啊！」
「美夏又開始談論她那隻醜貓了。」
歌曲進入間奏時，理莎回過頭來笑道。
「才不醜呢，很可愛好嗎？」
平常我不會反駁理莎，但只有城市貓我不能讓步。「好，可愛可愛。」理莎敷衍地回答後，再次回到不和諧的合唱。
「哦……發現了美夏令人意外的一面。」
達郎露出苦笑，然後稍微壓低聲音：
「妳其實不符合這個團體的調調吧，為什麼要跟優子她們混在一起，我真的完全搞不懂。」

「咦？會嗎？」

我含糊地笑道。說是說中了，但我可不能在這裡承認。

「會啊，我們足球社現在還有好多人拜託我介紹妳給他們認識。但都不會提到要我介紹理莎或是和香，妳是屬於可愛那類的女生。」

「咦咦～～」

這可不妙，要是理莎她們問起，感覺不會給我好臉色看。

「怎麼樣？我介紹個帥哥給妳，不過他體毛很多。」

「我才不要呢。」

我不知不覺放大音量笑了出來，結果被優子瞪，我連忙收起笑聲。

從學校走到車站約十分鐘，跨越軌道繼續往前走一會兒，就會碰到一條流過縣境的大河。河流上方建著一座大橋，橋上是國道，經常有大卡車通過。高架橋下則是河岸，河岸上有一個足球場。來到這裡後，離姬坂高中比較近。

唱完歌後，優子和達郎說要泡在麥當勞裡，為了不打擾他們，我和理莎便踏上歸途。理莎不會跟我兩個人一起去玩，我也受不了跟她兩人獨處，話不投機半句多。結果我們在車站分開，我沒有搭電車，繼續往前走。不一會兒看到河岸後，我自然而然地發出嘆息。

我根本一點兒也沒有改變。

在桃子漸漸背離團體，不常跟優子她們混在一起時，團體裡的氣氛很差，我經常逃到這裡喘口氣。看偶爾來河岸的小朋友踢足球，竟然能讓心情平靜下來。雖然那會讓我想起以前的自己而感到心痛，但我大概是為了確認那份痛楚才來到這裡的。

話說回來，同一時期，也有個姬坂的男學生經常來河岸。

他的頭髮有點長，膚色白得滿奇怪的，不是那種待在室內不曬太陽的白。他憂鬱的表情令人在意，我偶爾會偷看他。他總是以一種奇妙的眼神看著少年踢足球，一種憧憬卻又帶著苦澀的眼神——我覺得那很像我的心情，所以有點在意他。

有一天他帶著足球來，我不由自主地出聲跟他說話。我本來想問他是不是足球社的，但是看到他的足球表面貼著我超推薦（優子、理莎，甚至連桃子都說沒品味）的城市貓貼紙，害我完全失去理性。

——那該不會是城市貓的貼紙吧？

現在回想起來，我根本超奇怪的。他也露出一副「咦！妳的重點竟然是那裡嗎！」

的表情，大吃一驚。

不過，我們因此聊起來，發現他果然跟我很像。他是姬坂足球社的人，一直猶豫要不要放棄足球。我大概能體會他的心情，就不小心自以為是地對他說教——明明我根本沒資格教訓別人。

——沒有天賦就不能做自己喜歡的事了嗎？

當時對他說的這句話，同時也是說給自己聽的。

我沒有當女孩子的天分。現在回想起來，我只要抬頭挺胸做像個自己的女孩子就好。然而；我卻假裝自己有天分，加入優子她們的小圈圈，自己闖進華麗絢爛的世界。我想在本質上，這應該跟當時他所煩惱的事情是相同的。

從那以後，我再也沒有在這個河岸看過他，事後想想，我好像在哪裡看過他。搞不好我們曾經讀過同一所小學……還一起踢過足球。一想到這裡，就不得不碰觸自己不堪回首的過去，我可沒打算搜尋以前的記憶。

總而言之，如果他因為那句話而改變，沒道理我不能改變。他一定還在踢足球，不管用什麼形式——然而我卻一成不變，現在依然像是抓住浮木般地來到河岸，抱著膝蓋，彷彿在等待別人救援。

*

我要來談論那個「事件」。

高中二年級的夏天，優子約我去看足球社的練習賽，仔細想想，那是事情的開端。

「美夏，妳看那個十號，怎麼樣？」

比賽開始後，優子不理會比賽的發展，將臉靠過來對我輕聲呢喃。不知為何，理莎在一旁嘻嘻嗤笑。

「十號？」

我循著優子指的方向看過去，尋找那個人。我們學校穿藍色制服的選手們個子都差不多，從球場外看去，分不太清楚誰是誰。

「妳看，就是那個染咖啡色頭髮的。」

這麼說我就知道了，只有一名染著有點招搖的咖啡色頭髮選手，在前線追著球跑。

「喔喔……那個人怎麼了？」

「我在問妳覺得他怎麼樣，很帥吧？」

優子看似不耐煩，說話語氣變得有些粗暴，害我嚇了一跳。

「咦？呃，嗯……應該吧。」

老實說，距離這麼遠，根本看不清他的長相，也看不出他的球技好不好。

「對吧？」

理莎不知為何跟著搭腔，優子也探出身子。

「岸本認識那個人，聽說是社團裡的學長，叫作澤野學長。」

這時優子還沒跟達郎交往，所以稱呼他為岸本。

「然後啊，澤野學長好像也喜歡妳喔。這下子只能展開攻勢了吧！」

「咦咦！」

我後來才知道，達郎好像拜託優子介紹我給澤野學長認識。當時優子喜歡足球社的岩見同學（達郎的朋友），所以經常帶我和理莎到處去看足球社的比賽，對方也因此對我的臉留下深刻的印象。

「這……這不好吧！」

我使勁搖頭拒絕，但優子和理莎正在興頭上。

「比賽結束後，我介紹你們兩個認識吧，我已經跟岸本說好了。」

不幸的是，當天桃子不在，我又無法斷然拒絕優子她們硬是亂點鴛鴦譜的行為，比賽結束後，我向澤野學長打了聲招呼，自然而然地交換了手機郵件信箱。

就結論而言，澤野學長是個性格草率隨便的人。在足球社當中他的確算長得還不錯，但總之就是個性很隨便，做什麼事都不可靠；遲到是理所當然，有時還會向身為學妹的我借錢，要我教他功課；立刻就會把東西給搞丟，自己約別人還忘記。我才見他幾次就了解他的個性，可見他有多麼誇張。

不過，還必須顧及優子和達郎的面子，所以我實在不好拒絕學長的邀約，跟澤野學長單獨出遊了幾次。畢竟是夏天，我們就去看煙火、看恐怖電影，或是去游泳之類的。但學長是不去參加足球社的練習和比賽，跑來跟我玩的，讓我覺得是自己害他偷懶，玩得一點兒也不盡興。學長也是，看出我故作開朗而感到心浮氣躁，我們之間總是流動著尷尬的空氣。

即使如此，學長還是常常約我。優子和理莎幾乎每天都會詢問我們兩個交往的情況，老實說，我壓力很大。我討厭自己沒辦法嚴正地拒絕，但也知道如果我抱怨，周圍的人應該不會給我好臉色看。

在暑假過了一半時，我終於找桃子商量這件事。

「直接拒絕不就好了，就說我對你沒興趣。」

桃子說出口的是標準解答。最近不太跟優子她們混在一起的桃子，一臉理所當然似地說道。

「我說不出口啦，我又不是妳……」

「我以前認識的美夏，是更敢有話直話的女生，自從妳跟優子她們混在一起後，就變得非常在意周圍人的眼光。」

我心臟震了一下，大概是因為桃子說中了我的心聲。我不想被優子討厭、不想被她罵，應該說是不想惹她生氣，所以變得更加畏畏縮縮。但外表還是維持花俏的模樣，同學也認為我是恐怖女子團體的一員，內外矛盾的我根本一點兒也不像我。

「如果妳真的受不了，要我出面幫妳拒絕也是可以，但事情可不會平靜解決喔，應該也會惹惱優子。反正挨罵的還不是我……」

桃子胡亂抓了抓頭，但當時我一心只想逃離澤野學長和優子她們的追問，沒有考慮到桃子的心情就隨口這麼說：

「反正妳也被優子罵習慣了吧，幫幫我啦。」

現在回想起來，我這句話說得還真過分。我想這句話才是讓桃子對我心死，才是事件的起源，後來發生的事根本不算什麼。不對，這樣說還是有點言過其實了，總之，我跟桃子之間的友情，無疑是在這一瞬間決裂的吧。

我還是姑且把「事件」的全貌講完。

在我不知和澤野學長第幾次約會時，桃子突然出現。

照理說，桃子跟澤野學長是初次見面，但她卻毫不畏懼、滔滔不絕，多少有點加油添醋地說出我的心情，最後留下一句：「事情就是這樣，你不要再約她了。」接著抓起我的手腕，打算帶我離開現場。當然，澤野學長嚇了一跳，大聲地吼說：「妳這人是怎樣啊？」畢竟我本人都沒對他這麼說了，想必他更加無法接受吧。桃子一開始想要跟他講道理，但最後似乎還是嫌麻煩的樣子（她從以前就很沒耐性），乾脆地甩了學長一巴掌作結，然後就拉著我匆匆離開現場。

想也知道，之後會引起怎樣的軒然大波。

不出所料，優子跑去怒罵桃子。澤野學長的怒氣不只針對桃子，想必也牽連到達郎和優子身上吧。我最清楚優子的個性，她明知是遷怒，還是不會善罷甘休。達郎為人溫厚，倒是沒怎麼生氣，但對於想追岩見同學的優子來說，她最不能忍受的似乎是自己介紹的朋友讓岩見的學長顏面盡失這件事。然後，把氣出在引起這個事態、完全是局外人的桃子身上，而不是我。

「妳跑出來多管閒事幹什麼？」

「因為美夏不喜歡這樣。」

「她不喜歡直接拒絕就好，她沒有拒絕，不就代表她並不討厭嗎？」

「像妳這種單細胞生物大概只能得出這種結論吧。但我的想法不一樣，所以才那麼做，也沒有在反省。」

聽見這句話後，優子立刻打了桃子，那是我唯一一次看見優子打人。

從那之後，桃子就不再與我們這個小團體打交道；雖然優子沒有明確地說是放逐、絕交，但兩人的關係原本就沒有親密到在發生那種事後還能重修舊好，甚至可以說是幫助原本就快要破碎的關係完全瓦解。

我自然而然地留在優子她們的小團體，因為我跟桃子之間也產生了疙瘩。不久後，理莎提出要排擠桃子，結果班上的女生也開始不理桃子。本來一個人也無所謂的桃子，還是若無其事來上學，但後來偶爾會有人在她的書桌塗鴉，或是把她的物品藏起來，霸凌行為加劇後，桃子就經常沒有來上學。

我沒有勇氣問她沒來上學時都在做什麼，她沒有主動聯絡我，事到如今我也不知道該怎麼拉下臉去面對桃子。

升上三年級時學校沒有分班，所以桃子依然遭到同學的排擠。我對讓桃子幫我說出自己該說的話這件事感到厭惡，也始終厭惡自己更害怕遭到優子報復而不敢有所作為。

＊

「我真沒用。」

我苦笑著呢喃，一陣狂風迎面吹來，就像是在責備窩囊的我一樣。越過河面吹來的鄰鎮的風，總是會吹進我的雙眼。模糊不清的視野，雖然不到眼淚奪眶而出的程度，但還是有點濕潤過度，令人難以筆直行走。

我用針織外套的袖子用力搓揉雙眼後，垂下眼睛逃避風吹，望向河岸的足球場。今天也只有幾個足球少年在球場上踢球，兩邊的球門各有一名守門員。一邊的守門員是個矮個子小鬼，一定是被硬推去當守門員的吧，這是常有的事。小學生玩足球時，守門員不是什麼重要的位置，大家立刻會互相推來推去地不想當守門員。我以前也常常被推去當守門員的樣子。

真是可憐……我不禁同情起他，望向另一邊的球門。另一邊的守門員則是一個又高又瘦的人影。

「咦……？」

我眨了眨眼。

站在球場上的並不是男生，而是一個混進足球少年群，身材像模特兒般苗條的女生。乍看之下也不是小學生，她在球門邊伸出手指，好像是在下指示。

不知為何，那聲音好耳熟。

我眨了兩、三次眼後，彈跳似地站起來。

是桃子。

「桃子，妳在幹什麼啊……」

我不由自主地往下走到球場跟桃子說話，我們有半年左右沒交談了——即便如此，桃子依然面不改色，也許她早就發現我在現場了吧。

「我最近常來，小鬼們拜託我教他們足球。」

她那歪起嘴角回答的表情，讓人絲毫感覺不到我們兩人的疙瘩。事實上，只有我單方面地認為跟她產生了芥蒂，真是討厭的單相思。

「桃子，妳會踢足球嗎……？」

「踢得還滿好的喔。我以前有踢過，不過是小學的時候就是了。」

「喝、喝、喝！」桃子發出節奏規律的聲音挑著球，看起來確實架勢十足。一群孩子圍在她四周，感覺好像幼稚園老師喔。

「什麼嘛……妳今天學校早退，我還以為妳怎麼了呢。」

我不假思索地這麼說，但桃子並沒有露出不悅的表情。

「別講得一副我都跑來踢足球的樣子好嗎？我也沒那麼閒。」

還機靈地換上方便運動的便服，也不來上課，說出這種回答一點說服力也沒有。

「妳踢得還挺有模有樣的呢。」

「我先聲明，我可不當幼教老師喔，我討厭小孩，薪水好像也很低。」

桃子，就說妳一點說服力都沒有了。

桃子用力把球踢飛後，那群小學生便「哇！」地追著球而去，好像小狗喔，大家的腿都很短，像科基一樣。我坐在球門旁，在仍然站著的桃子身旁，呆愣地眺望著那群科基小男生。

「他們說，有一個愁眉苦臉的女高中生經常來這裡，果然是妳嗎？」

桃子突然開口，我顫抖了一下，縮起肩膀。

「妳在煩惱什麼嗎？」

我戰戰兢兢地抬頭仰望桃子的臉。桃子面無表情地不斷吐出真心話，如果她默不作聲，我很難猜測出她的真實想法。

「妳……沒有在生氣嗎？」

我不由自主地問出口。

「氣什麼？」

「那個，就是氣我之類的？」

「為什麼？」

「還問我為什麼……」

當然就是——

「……應該是被優子踢出團體的事。」

「喔喔，妳說那件事啊。」桃子打從心底滿不在乎地呢喃：

「那是我自己想那麼做的，又不是妳的錯。」

桃子的眼神別無深意，我想應該是真心話吧，雖然我這麼想，但是……

「雖然現在的狀況並非是我所期望的，不過沒關係，責任在我，是我自己決定要那麼做的。就算我因為那件事不爽優子，倒也沒有氣妳。」

是這樣嗎？

「我現在也過得滿開心的，高中只要能畢業就好，沒什麼差。我自己也有在準備考試，沒有任何問題。」

是這樣嗎？

桃子望向我，她的眼睛依然那麼美麗，眼中彷彿沒有一絲迷惘——

「聽在妳耳裡，覺得我在逞強吧？」

「嗯。」

桃子突然望向那群少年，雖然動作很自然，但看起來也像是在逃避我的眼神。

「……算是有一半吧。」

她低喃的那句話，可能是自言自語，也可能是我聽錯，我沒有勇氣確認。

那群足球少年回到這裡，開始死皮賴臉地要求桃子指導他們足球，其中一人瞄了我一眼。

「大姊姊妳也很會踢足球嗎？」

「呃，我……」

他對我投以求助的眼神後，桃子露出惡作劇般的微笑。

「這個大姊姊啊，小時候好像剪個男生頭在踢足球喔，所以一定會踢得比我還要好。」

「啊、喂、桃子！」

竟然這麼輕易地揭穿人家不堪回首的過去！

「咦！教我、教我！」

我對小孩閃閃發光的眼神感到畏縮，桃子卻面帶微笑。

「反正妳也缺乏運動吧，一起來踢足球吧。」

她說完，拉住我的手，把我拉起來。

啊，感覺……

好懷念喔。

真的是睽違已久的感覺，我有多久沒跟桃子一起玩了？不是假笑或陪笑，而是產生真正的笑容時，好久沒用的臉部肌肉牽動，自然浮現笑容——

「咦，這不是美夏嗎？」

——然後瞬間萎靡。

「妳在幹什麼啊？」

我回頭望向聲音來源。

從河岸的河堤上往下俯看的——是優子，還有達郎。他們不是泡在麥當勞裡嗎？

「話說，那不是桃子嗎？」

優子的臉露出嘲笑。

「妳今天早退，我還以為在幹嘛呢，原來在跟一群小鬼踢足球啊。」

「喂，別瞧不起足球。」

達朗的吐嘈完全吐錯重點，射門倒是射得挺準的，吐嘈就差勁透頂啦。

「要不要報告老師呢？說原岡同學不去上課，跑去踢足球。」

桃子沒有反駁優子的挑釁，完全不予理會，「咚、咚、咚」地挑著球。小學生們追著那顆足球移動的方向，頭部上上下下地擺動，明明處於這種狀況──應該說，正是處於這種狀況下，才顯得特別不現實。

優子用鼻子哼了一聲望向我。

「來吧，美夏，我等一下要跟和香她們會合，她們好像空出時間了，我打算我們這群人再去唱一次歌。」

我的視線在優子和桃子之間來來去去。

「可是……」

「妳該不會是想和那傢伙踢足球吧？」

優子露出恐嚇的眼神瞪著我，言外之意是要我不准去，我像是被蛇盯著似地，全身僵硬。

我瞥了桃子一眼，向她求助。

但桃子什麼話也沒有說，更沒有看我，像是在表達「妳自己決定吧」。

優子瞪視著我。我覺得達郎應該能幫我，但我要是求助於他，之後一定會被優子給宰了。

我，想怎麼做？

我的心聲清清楚楚地告訴我：

抱歉，優子，我今天想和桃子玩，所以下次再跟妳們去唱歌。

我應該說得出口，說吧、說吧，說吧，說出來！

深呼吸，我吸了一大口氣，把力量集中在丹田。

「抱……啊……哈哈，怎麼可能……」

結果我還是硬擠出笑容蒙混過去，搔了搔頭。

我怎麼可能會去踢什麼足球啊，而且還是跟桃子一起，不可能啦。

嘴巴一張一合地動作，吐出空虛的話語。啊啊，總覺得，我已經……受不了了。

「我想也是，來吧，和香她們已經訂好包廂了，快點走吧。」

優子和達郎開始邁步移動。

要是在這時撤回前言，比一開始就拒絕給人的印象還要差。我只好死心，慢吞吞地踏出一步，打算追上他們。

「美夏。」

清澈的聲音敲在我的背上，我下意識地想回頭，卻又反射性地克制，與其說是因為優子在看著，不如說是因為我覺得自己無法直視桃子的雙眼。

「如果我真的要氣，會是氣妳這種個性。我不知道妳打算違背自己的心意到什麼時候，但妳這樣會養成習慣。妳可能覺得等到上大學就能解脫，但既然妳現在都無法誠實面對了，我想以後也會一直遇到同樣的情況。」

我的心臟震了一下。

感覺她明白指出了我隱約感受到的事情。

有人拉了拉我的衣襬，我嚇了一跳，原來是一名足球少年抓住我的針織衫衣袖。

「大姊姊，妳不踢足球嗎？」

閃閃發光的眼神。

我以前也曾經露出那樣的眼神嗎？

「……抱歉，今天不能踢了。」

明明是我自己決定不踢的，說什麼不能踢啊。

「下次再踢。」

我露出苦笑，輕輕揮手道別後，我有些粗暴地甩開他的手。

＊

唱完歌回家後，我像死人一樣趴在房間的被褥上，甚至心想乾脆死掉算了。今天的我是怎樣？真是差勁透頂。

「乾脆死一死算了……」

真討厭自己那麼輕易地就把死一死這種話掛在嘴邊，這樣跟理莎有什麼兩樣。

可是，錯不在優子、桃子，更別說是達郎了，而是我自己，無法拒絕別人的自己，不敢有話直說的自己。最近陷入自我厭惡的漩渦，已經完全變成我的日常活動。一旦陷入就得花非常久的時間才能爬出，所以我通常都會提醒自己不要陷入，但今天真的沒辦法。兩層、三層，重重的負面螺旋環繞四周，如同漩渦一般，將我困在中心。追根究柢，這都是我自作自受。

窗簾在敞開的窗前搖晃，梅雨季尚未結束，吹進來的風已經帶有夏天的味道。今年的夏天，是否還是得和優子她們度過……發現自己心情低落，自我厭惡的漩渦又新增了一個螺旋。

沒有力氣爬起來，將臉轉向旁邊後，看見書桌上的桌曆。下星期一的地方畫上了一個紅色的大圓圈。

六月二十九日是桃子的生日。

桌曆旁放著紙箱，我緩緩地伸出手，將手伸進開啟的紙箱，用手觸摸，確認紙箱裡餅乾罐位置，然後觸碰到一個類似信封的物品。紙箱的重量偏一邊，眼看就要從桌角掉落，我連忙抓住放在最上方的信封，伸回手。紙箱搖搖欲墜，以絕妙的平衡點停在書桌邊緣。

從紙箱抓出來的信封，是我自己的信。我打開信封，取出信箋攤開後，有一句話最先躍入我的眼簾。

如果有的話，如果有像那樣變得像個女生的話，希望我能成為一個很有魅力的女高中生。

根本一點魅力也沒有。

說話不再像男生，穿了裙子，也留了長髮，但是現在的我沒有一點魅力。當時的我還比較像我自己，當時的我，一定不是想變成女孩子，只是單純地想變成一個充滿魅力的人。我現在才了解，就算外表變得像女生，也不會充滿魅力，但也無法抽身，只能繼續扮演不上不下的女高中生。

我想要改變，仍然只是想想而已。結果就連今天，我也無法斷然拒絕優子，難得桃子主動邀請我。

「反正我就是做不到啦……」

就在我自嘲笑著的瞬間——

一陣狂風吹來，窗簾揮動到桌上，我才剛反應過來，窗簾便推倒紙箱，「叩咚」一聲，時光膠囊從桌上掉落，又很不巧地倒栽蔥落下，裡面的東西全都灑在地板上。信封和代替緩衝包材的紙團散落一地，簡直像是翻倒垃圾筒一樣麻煩。

「啊～～真是的！」

不順的日子，做什麼都不順。

我坐起來，開始收拾緩衝材料時，發現紙團中摻雜了一個奇妙的東西。

像是四格漫畫的東西。

「……這是什麼啊？」

我攤開紙團後，發現只有分格是四格，故事好像是連續的，那是一頁畫在空白筆記本之類的手繪漫畫。有兩隻用雙腳步行的貓咪，面對面，對彼此說話。

只有一格對白明顯不同，只有那格對白是用原子筆寫下的。

「不要嘲笑自己想做的事。」

寫著這句話。

之前跟之後都有故事情節吧，我不清楚故事的經過，自然也就不明白這句對白所指的真正意思。

可是，這句話刺痛了我的心，往我剛才自嘲反正自己做不到的心刺了一下。感覺像是在反駁我說：「妳做得到的」、「擅自斷定做不到的是妳自己」、「用嘲笑來粉飾沒有勇氣的是妳自己」。

我攤開其他緩衝紙團，想要找出後續，但其他全是白紙、報紙或傳單這類毫無幫助的東西。仔細一看，畫著漫畫的紙張右邊呈現鋸齒狀，大概是被撕下來的吧。

為什麼要撕下它呢？

放進這個緩衝材料的人物，大概沒有發現他放進了這一頁，但應該是故意撕下這一頁的。從拙劣的畫風看來，好像是小孩子畫的，但只有用原子筆寫下的對白是使用漢字，字體也有些不同。

再怎麼想也想不出個所以然，不過，我卻莫名地在意。他——假設是男生好了——是以怎樣的心情寫下這句對白，又撕下這一頁，然後揉成紙團的呢？之後，他怎麼樣了呢……

我抬起頭，映照在全身鏡中的自己回望著我。栗色的明亮頭髮、穿著短裙、帶有妝容的臉。打扮過後，像個女生的自己。

——妳感覺比較適合黑髮。

我跟對我這麼說的人約好了。

——如果你繼續踢足球，我就把頭髮染黑。

他一定還在踢足球，雖然沒有任何根據，但我如此堅信，所以我必須把頭髮染黑。把我這頭入學以來從沒露出黑色髮旋的頭髮染黑——

我走到書櫃前，抽出塞在角落的小學畢業紀念冊，有東西從冊子頁面之間的縫隙滑落。我撿起來一看，是一張紀念照。背面寫著十一年前的日期，以及一年一班製作時光膠囊紀念。似乎不是收錄在紀念冊裡的照片，而是個人拍攝的。照片有點糊掉了。

「這是誰拍的呢……」

我喃喃自語，卻沒有那麼想知道真相。反正不是老師就是某人吧，更何況照片中還有個像小男生一樣的短髮少女，正露出開朗的笑容。感覺她的眼神跟我在河岸看見的那群足球少年十分相似。

「……這樣啊。」

——既然妳現在都無法誠實面對了，我想以後也會一直遇到同樣的情況。

腦海裡響起桃子的聲音。

書桌上的那頁漫畫，隨風飄動——

整整一分鐘後，我衝出房間，全速奔向附近的藥妝店。

*

六月二十九日，星期一。

來到學校時，優子和理莎已經在教室裡了。

「早安。」

我出聲問候，盯著指甲的優子和看著手機的理莎漫不經心地回了一句：「早。」然後，優子像是突然想起某件事一樣抬起頭。

「啊，美夏。今天放學後啊——妳的頭是怎麼回事啊！」

理莎跟著抬頭，然後噗哧一笑。

「咦！超搞笑的耶妳！根本是座敷童子嘛。」

我似笑非笑地抓了抓頭。

我隱約倒映在教室窗戶上的頭髮是黑色的，漆黑到不自然，而我自己一把剪掉的頭髮像男孩子一樣短，就像那時一樣。我用在藥妝店買的染髮劑和家裡有的剪刀自己染髮和剪髮，所以樣子非常不美觀。

不過沒關係。

我一直認為絕對不能讓優子和理莎看見我以前的照片，要不然一定會被嘲笑、欺負。更別說本人弄成那種髮型，絕對不可行，要是那麼做就無法待在優子的小團體裡了。所以——我深深呼吸了一口氣，這次一定要說出口。

「抱歉，優子，我今天不能陪妳。」
趁優子和理莎目瞪口呆的那一瞬間，我快步走向教室的角落，桃子正從窗邊俯視著校園。
我站在她的座位前，桃子慢慢抬起頭。
「今天是妳生日吧，一起玩吧，我幫妳慶生。還有，過去真的很抱歉。」
桃子對我突然剪掉和染黑的頭髮無動於衷，卻瞪大了雙眼——這表情非常稀奇——目不轉睛地盯著我後，她噗哧一聲笑了出來。
「妳的表情很恐怖耶。」
聽她這麼一說，我才發現自己臉部僵硬，因為我累積了很大的力量要拒絕優子。我連忙搓揉著臉頰，慌張地揮動雙手。
「咦、啊！不是的，這是因為……」
桃子一手按住腹部，一手舉起來制止我。
「我知道、我知道，謝謝妳。可是，沒關係嗎？優子不是已經約妳了？」
我回過頭後，發現優子擺出凶狠的表情，那是我至今從未見過，凶神惡煞般的表情。但是——

「沒關係，因為今天是妳生日。」

我用力點了點頭，桃子看著我，揚起嘴角。

「這樣啊，好啊，那我們放學後去玩吧。妳請客對吧？」

「咦！這個嘛，麻煩妳手下留情……」

「我鬧妳的啦，開玩笑的。」

桃子哈哈大笑，然後伸出手拍了拍我的頭。

「這髮型很適合妳喔，我也剪短好了。」

真的只需要一點點，勇於表達自己內心話的勇氣。繞了一大圈才明白這一點的我，真的笨得無藥可救，可是，仍然願意跟無藥可救的我一起玩耍的桃子，一定是我一輩子的朋友，沒錯，絕對是！

＊

我在七月把時光膠囊寄給下一個人，卻自然而然地把那頁漫畫留在手邊。搞不好畫這頁漫畫的人在找它，也幾乎可以確定是通訊錄上某個人的東西。雖然不知道會不會開同學會，但如果見到他，到時也許可以還給他。這樣或許能請他讓我閱讀故事的後續——我抱持著淡淡的期待。所以我把之前那張時光膠囊紀念照也一起放了進去，打算在同學會上做為提起這件事的開端。

總之，時光膠囊已經啟程前往下一個人手中，但是，我這個考生還是過著一成不變的日子。

不對，只有一件事改變了。

從那之後，我不再跟優子和理莎她們混在一起，相反地，和桃子一起度過的時間倒是增加了。優子她們把我也加入排擠的名單，所以我跟桃子兩人在班上格格不入。不過，有桃子在，所以無所謂。而且，也不是全班同學都是敵人。自從我剪了頭髮、染黑之後，感覺別人跟我說話的次數比以前還多，最近常聽別人跟我說：「我還以為二之瀨同學很可怕呢。」第一印象很重要，我暗自決定上大學時不要再打扮得花枝招展。

「不過，妳真的一口氣剪得很短呢。」

七月，自己也剪了短髮的桃子對我說，我神經質地玩弄瀏海。

「我很在意啦，不要一直提。」

「妳真的是從外表形式上開始改變的人呢。」

「下不為例了啦，只有這次我無論如何都想這麼做。」

「不過我覺得很棒喔，很容易了解妳的想法，又很適合妳。」

桃子哈哈大笑。

「不過，不要自己剪啦，下次跟我說，我幫妳剪。」

「咦咦～好可怕喔。」

「不用怕啦，我以後可是想當美髮師的。」

這好像是真的。

「準備考試也很重要，但偶爾也一起出來玩吧，畢竟是高中最後的夏天了。」

我說完後，桃子露出溫柔的微笑，她的笑容才是我最終得到的收穫。

八月時，頭髮稍微留長了一點，稱得上是短髮了。我曾到美容院打薄過一次，所以自己剪頭髮的那種參差不齊的感覺已經淡了許多。不過，這樣是否能讓他認出我就是當時的那個人呢？還是說不準。

時隔約一個月後，我再次前往河岸。我們並沒有約好，但總覺得今天能見到他。

看見河川後，鄰鎮的風吹拂著我的短髮，今天我的眼睛意外地不感到乾澀。風追過我，再返回，變成推動我後背的順風。然後，預感化為確信。

不久後，我在河岸的河堤上看見一名皮膚曬得黝黑的少年，我隱約聽見自己心臟撲通作響的聲音。話說回來，我還不知道他的名字，所以，必須先從自我介紹開始，我跟他約好的。

需要的只是一點點勇氣，我已經擁有了。所以——

「好久不見——」

五、守屋時子

電腦發出的聲音很悅耳，我可不是指擴音器發出的效果音或警示音，而是電腦的風扇旋轉聲、敲打鍵盤聲、點擊滑鼠聲……這種電腦本體和周邊機器演奏出來的環境音。

聽到這些聲音我的心情就會平靜下來，我喜歡房間裡只充滿那些聲音。我還喜歡空調聲，沒有它，電腦在夏天會壞掉。其他的全是雜音，無論是經過窗外的汽車聲、樓下的生活音，甚至連自己的呼吸聲都是。所以我在操作電腦時總是屏住呼吸，宛如不讓桌面彼端的聖域察覺自己的存在一樣。

我並非活在二次元世界，我又不喜歡動畫，但也不討厭就是了。只是覺得影片網站上的動畫比真人連續劇更吸引人，所以想要打發時間時，自然會點開動畫來看。這是比例的問題，就跟日本人的血型多為Ａ型，自然會認識較多Ａ型的朋友一樣，應該是吧。

閒閒沒事幹時，我就能體會聚集在某大型討論區的人的心情。真的很閒啊，沒有其他事可幹。我不會發文，感覺那樣會跨越界線。不過當我在潛水，連續按Ｆ５重新整理時，就已經算他們的同類了吧。真是毫無意義的抵抗。

即使如此，我也是個高中三年級生，也就是考生。季節早已進入秋天，關鍵時刻的夏天已成為遙遠的過去，然而我卻完全沒有在準備考試。不僅如此，這樣下去的話，我甚至連畢業都有困難，這就是我現在的狀況。

簡單來說，我拒絕去上學，是個自尊心強的繭居族。我最近在網路上得知，繭居族似乎又稱為「自宅警備員」。

別誤會，我可沒有被霸凌。我之所以會窩在家，其實沒有什麼特別的理由，就只是一些小事情不斷累積起來造成的。就像隨處可見的集點卡一樣，一個一個蓋上的印章，集滿後就能得到什麼優惠。就我的情況而言，得到的優惠就是成為繭居族，如此而已。雖然也曾遇過類似霸凌的事情，但那也不過是其中一個印章罷了。

我本來就極度不善與人相處，就是所謂的有人際溝通障礙，這個名詞我也是在網路上得知的。小學國中時沒有一個人稱得上是我的朋友，倒是算有熟人吧。我個人的親密度等級順序是外人↓熟人↓朋友↓摯友↓戀人這樣的感覺，如果我再努力一點，也許就可以交到朋友。不過，我想我絕對不可能交到摯友。

進入高中就讀後不久，集點卡就集滿了。我集點的方式形形色色，比如說，室內鞋被人藏起來算三點，朗讀國文時吃螺絲算一點，遠足沒人要跟我同一組算兩點之類的，就是這種感覺。製作集點卡大概是在升上國中後，然後慢慢收集的印章點數是在高中一年級夏天集滿的。平均算一天一個，集了三年多，算一千個左右。我集得還真多。

所以，有一天，我就突然從高中生轉變為拒絕上學的學生，慢慢淡出高中生活。不過，一年級、二年級時我還是很努力，至少沒有留級。但是那段期間新的集點卡上還是一直在累積點數。高三第一學期我努力鞭策自己去上學，躲在保健室度過，但暑假前集點卡又集滿了，於是這次我從拒絕上學又轉為在家當自宅警備員。我本來就是除了去上學以外不外出的人，所以高三放暑假後，我就順理成章地窩在家了。

父母當然念了我一堆，我想叫他們不要管我，大人為什麼都不了解小孩的心情？他們自己也當過高中生，一定明白才對啊。明白這個年紀的小孩越被父母念，脾氣就越是執拗。如果他們忘記，我覺得這是大人致命性的缺陷。不過，令人傷腦筋的是，這世界充滿了缺陷一大堆的大人。

我繼續警備著自宅，對世界和大人感到不滿而心情鬱悶。應該不能說是自宅，算是自房吧。因為是住宅區，沒辦法全部都警備。我窩在沒上鎖的和室裡，用國中時期父母給我的舊電腦上網，透過桌面的視窗觀看世界。老實說，我覺得我應該比同年齡的高中生還要清楚時事，這也沒什麼好炫耀的就是了。順帶一提，網路傳言不可盡信。

我是真心想不食人間煙火生活下去，可惜我的修行還達不到仙人的境界，還是需要吃飯和排泄，所以我偶爾會走出房門。因為不想跟父母碰面，大多是在清晨、正午或是深夜，我認為分不出清晨和深夜是自宅警備的缺點。

繭居初期，父母會做好飯放在我房門口，但我堅持不吃，而是去翻冰箱或是去便利商店，不久父母便放棄，改放餐費在門口。父母都在工作，大概也沒時間照顧女兒吧。俗話說，父母的愛是無償的，但我們家的愛大概是有償的吧。因此，我在深夜緊握著英世先生[註5]，出門去便利商店。

除了離開房間時絆了一下差點破口大罵之外，我順利地走出家門。

我好歹也是個花樣年華的青春少女，深夜外出還是必須保持一定的警戒心。儘管能失去的東西不多，但我這條命可是包含在其中。雖然最近不知道自己為何而活，奇怪的是，我還是像道德課上教授的那樣愛惜生命，算是啦。

〈〈註5〈〈從二〇〇四年起，日本千圓鈔票正面的人物是野口英世，他是日本的醫學博士、細菌學家。

我家位在公寓大樓四樓，先下樓梯，走到附近的便利商店需要十分鐘。距離不遠更需要小心注意，在敵人發現自己之前先找到敵人才能逃跑，這是我在線上遊戲學到的少數可能實踐的技能之一。我才不想平白被攻擊，尤其是在現實世界中。現在這種情況下，敵人主要是變態、同校的學生，以及巡警和狗（感覺繭居族特別容易受到狗攻擊），還有殺人魔傑森……不對，剛才的算我沒說，最後一個是電影看太多。

我掀開連帽外套的帽子，雙手插在口袋裡，隨意走在路上。如果想要走起路來不可疑反而容易弄巧成拙，所以我正常地走路，就像習慣夜生活一樣。我明白這樣子很可悲，但繭居族本來就很可悲，又不是現在才意識到。

自卑感……當然有。

畢竟理應是人生最輝煌的時期。我討厭青春這個詞彙，但仍然實際感受到自己正在浪費青春，不只青春，我在浪費所有事物。不論是時間、金錢，還有愛。我明白沒有一個繭居族是幸福的，但窩在家裡的期間，也讓我體悟到自己倒也不會不幸，畢竟我沒有受到傷害。我認為道德或倫理課應該教導人，這世上也有人是只在乎會不會受到傷害而已。我是認真的，很認真。

我害怕受傷。

因為心裡受傷不會流血，自然也就不會結痂。

比如說……被紙割到手，會痛也會流血，但流的血遲早會凝固，然後結痂，不久後會脫落痊癒……可是心卻不會。學校有太多人不明白這個道理，所以像我這種人才會不斷集點，然後淡出學校。這並不是什麼稀奇的事，每個學校一定都有發生過。原因很簡單，對痛覺遲鈍的人，不容易察覺他人的痛楚，如此而已。順帶一提，對痛覺敏感的人，也會害怕疼痛，我認為社會上把這種人評為纖細，一點也不和善，而是不負責任。

偶爾有人會把自己的纖細誤以為是特別，錯了，那是明確的缺陷。神明在創造我的時候少加了什麼，或是加太多了。簡直是找人麻煩嘛，真是的。

沒錯，我討厭自己的缺陷，換句話說，我羨慕完美無缺的人。

為什麼有些人能夠正常地生活呢？我是不會憤世嫉俗到想要罵說「現充[註6]都爆炸吧」，但我能理解對自己絕對得不到的東西產生怨恨的心情。不過，我大概只是單純地羨慕正常，如果有賣能變得正常的藥，我一定立刻買。

〈註6〉源自日本網路用語「リア充」，指現實生活過得很充實的人。

我就是那麼地渴望正常，但異常的我，大概是世界上最不幸的女生吧——在冒出這種想法的時候，感覺自己就像是個悲劇女主角，我打從心底感到厭惡。

便利商店前停著好幾輛重型機車，還聚集著一群疑似騎士的大哥。我盡量避免與他們對視，走進店裡。隨便買了幾個飯糰、飲料和巧克力，走向收銀機。

「要加熱嗎？」

臭臉店員問我，扔下英世先生發呆的我眨了眨眼睛。

「咦？」

我想說有什麼好加熱的，結果是飯糰啊，因為是炒飯口味的。

「啊，不用。」

為什麼買東西這麼耗費精力啊？我實在不明白那些愛血拼的女孩心情，跟人講話感覺壽命一下子減短了不少。Amazon有沒有在賣飯糰啊？加多少防腐劑都沒關係，要是能大量販售保存期限長久的飯糰該有多好，我會買一年份。

「總共四百八十二圓。」

店員好像期待我拿出零錢，但很不巧地，我身上只有英世先生。

「……找您五百一十八圓。」

我從有些不悅的店員手中接過找回的零錢，直接塞進連帽外套的口袋裡，然後接過袋子。

事情辦完走出店裡後，那些像飆車族的傢伙還在停車場大聲喧譁。你們是沒別的地方可去了嗎？趕快騎機車滾遠一點啦——我暗地裡小心地咒罵他們。

回程我也隨意地行走，同時注意有沒有鬥牛犬、條子、變態和同一所國中的熟人，幸好順利回到家。我躡手躡腳地穿過走廊，打算進房間時，發現走出來的時候絆倒我的東西。

「這是什麼？」

箱子……是紙箱，我在Amazon買了什麼嗎？

收件人的確是我的名字，寄件人的名字……沒印象，至少不是Amazon寄來的。品名是——

「時光膠囊？」

真神祕！

我先把紙箱抱進房間，關上房門，然後把便利商店的袋子扔到書桌上，再把紙箱放在地上，打開一看，裡面放的是一個餅乾罐。打開盒蓋後，有兩個信封和一張紙。

這是小山丘第六小學一年一班製作的時光膠囊。

要號召全班同學一起挖出來太麻煩了，就照班級通訊錄的順序傳下去吧。據說——

請嚴守下述規則：

・只拿自己的，不看別人的（保護隱私）。

・不對他人的時光膠囊惡作劇（高中生不幼稚）。

・看完後，寄給通訊錄上的下一個人（身為同學的義務）。

「喔。」

我還能有什麼反應，這是怎樣？只有兩個信封而已嘛。按照通訊錄的順序……啊啊，原來如此，就是按照姓名順序嘛。我排那麼後面嗎？難怪剩這麼少。

一個信封確實是寫著守屋時子，另一個信封則是陌生的名字。這傢伙是誰啊？通訊錄上的名字除了我和他以外，全都打上了圓圈。真的規規矩矩地寄給了全部的人啊，厲害到我看傻了眼。

「得寄給下一個人啊，麻煩死了……」

反正下一個是最後一個人了，不需要趕著寄出去吧。

我馬上失去了興趣，也不打開自己寫的信，開始享用遲來的晚餐。

*

十月的某一天。

母親難得在白天走進我的房間，我直覺難纏的模式要來了，便立刻戴上耳機，用全身表達我的拒絕之意。

「小時，我有話跟妳說。」

……大人是看不出我散發出別跟我說話的氣息嗎？

「嗯……什麼事？」

我露出由衷嫌棄的表情回頭後，母親揮動著一張紙。

「妳要不要去這個活動？」

這種模式倒是第一次呢，我心想。斜眼瀏覽了一下詳細內容後，是所謂的體驗營……等一下，上面寫著很厲害的東西，電鋸藝術是什麼？為什麼會認為我對這個感興趣啊？

「妳喜歡這種玩意兒吧？」

不、不、不，妳是哪裡得來的消息？

「因為妳不是常常在看傑森嗎……」

喔喔，那個呀！其實傑森根本沒有使用電鋸！太多人誤會了！

「應該說……」

還有話要說啊？

「我已經幫妳報名了。」

什麼……！

……別來不就好了。

我為什麼要來呢？

確實有許多引發我罪惡感的理由，像是已經付了高額的參加費用，或是主辦人是母親的朋友之類的。但我果然不應該來的，這種活動不適合我，體驗營根本是我的致命傷，而且還要揮舞電鋸吧，簡直是莫名奇妙。

電鋸藝術似乎是一種雕刻藝術，用電鋸將圓木雕刻出動物之類的形狀，用電鋸代替雕刻刀這種想法就已經夠令人費解了。到底是誰想出來的啊？

不過，這還滿厲害的耶。我上網查後跑出圖片，根本就跟普通的雕刻品沒兩樣。咦！這真的是用電鋸雕出來的嗎？所以，我確實難得有點興趣。

好久沒搭電車了，還穿得比較整齊。有點心神不定……雜音好多，人類的世界有這麼吵嗎？感覺自己像是從火星來的外星人……

會場在郊外的綠地，離我住的小山丘住宅區頗遠。我真的很久沒出過遠門了，光是到達會場就已感到疲憊。接下來只要在一旁觀看就好，只要我有參加，父母也沒什麼好說了吧。反正我也不認為我這雙纖細的手臂會有力氣舉起電鋸。

隨便完成報到手續後，拿到一張名牌，還必須穿上防具。心不在焉地聽完開幕典禮，不知不覺體驗營就開始了，我旁邊站著一個戴眼鏡的男人，似乎是我的指導者。男人……應該說跟我同年吧？感覺像是個男生，我跟他對上眼神後，他便回我一個微笑。他的名牌上寫著「矢神」，我好像在哪裡看過這個名字……

「守屋小姐，妳有使用過電鋸嗎？」

怎麼可能嘛。

「沒有那麼難喔，當然這畢竟是鋒利的器具，還是希望妳小心使用。基本上只要拉下啟動桿，齒鏈就會轉動。」

這點常識我也知道好嗎？

矢神先生不管我有沒有擺出一張臭臉，逕自解說下去。這傢伙一定是B型。

「總之，先切切看一根圓木吧。用電鋸前端下刀的話，木頭會彈起來，很危險，所以盡量用齒鏈中間下刀。切深一點後，電鋸會靠自己的重量自動繼續切下去，妳只要拿好就沒問題了。」

他說完後，便打算把啟動引擎的電鋸交給我，我焦急地說：

「等等等一下，別讓我拿、別讓我拿！」

「妳不拿怎麼鋸呢？」

「不用了，我是個菜鳥！比初學者還不如！」

「沒問題的，基本上大家都是菜鳥。」

他幾乎是把電鋸硬塞到我手上，可能因為滿小型的，比我想像中要來得輕……咦！現在要怎麼辦？我要怎麼做！我顫抖得比剛出生的小鹿還要嚴重！

「請輕輕拉拉看啟動桿。」

我照他說的，拉下位於右手食指處、像手槍扳機的東西後，齒鏈便開始轉動。

「齒鏈只有在啟動的期間會轉動，可依狀況調整轉動的次數。一直快速旋轉的話引擎會燒掉，所以也要適可而止。總之，使用電鋸最危險的就是齒鏈往自己的方向反彈，這種現象叫作彈鋸。只用刀刃前端鋸東西便容易反彈，所以鋸東西時要注意，盡量用齒鏈的中間部位來鋸。還有，請好好握住這裡和這裡。」

「等一下啦，我說真的。我還不想死。」

「我會慢慢教妳，別擔心，拉一下啟動桿。」

他漸漸不使用禮貌性的語詞，是因為我表現得太蠢嗎？

我再次拉下啟動桿後，齒鏈再次回轉起來，好可怕。我好像明白為什麼傑森不使用電鋸了，他一定也覺得很害怕。

「把齒鏈切進圓木中，不用想要往下壓沒關係，電鋸會靠自己的重量自然向下鋸，只要握好前後方的把手就好。好了，拉動啟動桿。」

「嗚哇，嗚哇啊啊，嗚哇啊啊啊啊！」

「在鋸了、在鋸了！」我一個人大吼大叫，周圍的人都笑了，但我卻克制不了。這是怎樣、這是怎樣、這是怎樣！

「做得很好喔。」

矢神先生滿面笑容地在一旁看著我，不久圓木被鋸成兩半，我放開啟動桿，把電鋸塞回他手上。

「夠了，我不鋸了，我受夠了。」

原來電鋸震動得這麼厲害啊，感覺我的手還在顫抖。

「那麼接下來，我教妳怎麼使用上面的齒鏈。」

矢神先生微笑地說。聽人說話好嗎？

我自然而然地稱呼他為「先生」，但聽他說了之後，才發現我們同年。你在幹什麼啊？高中三年級了吧？不用準備考試嗎？我也沒資格說別人就是了。

「我沒在上高中。」

矢神若無其事地說。知道我們同年後，他跟我講話就完全不拘謹了。

「但是我想讀美大，已經通過高中畢業程度學力鑑定考試了。我經常出入這個體驗營主辦人的工作室，所以今天來幫忙指導。」

我平常不會像這樣跟同年齡的人聊這麼多，但不可思議地跟他卻聊得起來。大概是因為知道他沒有戴著有色眼鏡看人吧，不過他有戴普通的眼鏡就是了。
「是喔，為什麼你不上高中呢？」
矢神目不轉睛地盯著我後，突然噗哧一笑。
「妳還是第一個那麼若無其事地問我的人呢。」
「啊、嗯，沒什麼，因為我也窩在家裡沒去高中上課。」
我說完後，矢神的臉有點扭曲。
「果然沒錯，妳有散發出那種感覺。」
那種感覺是哪種感覺啊？
「我國中輟學，也有一段時間都窩在家，覺得妳身上有類似的氣息。」
「這樣啊……」
這就是所謂的物以類聚嗎？令人高興不起來呢。
「妳的繭居程度現在到哪個階段了？」
這傢伙問的問題還真奇怪。
「什麼階段？」
「啊，就是說，妳怨恨世界嗎？覺得明明自己是對的，看見聚在便利商店的人就會不由自主地超級煩躁？」

我眨了眨眼。這傢伙是怎樣？會讀心術嗎？

「大概都說中了。」

矢神點了點頭後，表情慢慢變得嚴肅。

「妳可能會嫌我雞婆，但我要給妳個忠告。」

他一邊幫電鋸補充油，一邊說：

「妳最好在那些傾向變嚴重之前去學校。」

「喔。」

真的很雞婆。

「繭居啊，就像掉到『洞』裡一樣。我大概掉到最底端吧，花了三年，今年好不容易才爬出來。只要掉下去一次，就真的回不來了。」

「是喔～」

「我跟妳說真的。」

矢神抬起頭。

「我之所以沒上高中，是因為國中輟學後，無法回到社會生活。妳可能覺得現在窩在家裡，大不了就留級吧。不過，一旦留級後，就真的回不去了。如果連同年齡的人都無法相處了，還要跟少一歲的人一起過校園生活？絕對辦不到吧。」

「這個嘛，是沒錯啦……」

辦不到吧，嗯。

「於是隔一年也沒辦法去上學，如此一來，以後絕對回不了學校，結果只好輟學。一旦失去了外出的理由後，甚至連窩在家裡的罪惡感都會漸漸變得淡薄。真的就只剩吃飯、上廁所、洗澡才會踏出房門了，像個活死人，變成一個只會消化排泄的肉塊……這麼說可能有點難聽，但那種生活跟住院的重症患者沒兩樣。」

我不自覺嚥了一口口水。

我一直避免去想像自己的將來、自己的未來、一年後、兩年後……十年後的自己。我要一輩子窩在那個房間裡嗎？不可能，父母也不會允許。總有一天得結束這樣的生活，可是，當那天來臨時，我……

「不過，我也沒什麼好說嘴的就是了。」

矢神拉了一下電鋸的啟動桿，確認油的潤滑狀況。

「只是想以過來人的經驗給妳建議。」

「那真是多謝你了……」

我剛才沒有拒絕他的建議，因為並非事不關己，而是與我息息相關。

「好了，差不多該來雕刻看看了吧？我先幫妳畫線。」

矢神改變聲調，從口袋拿出一根藍色蠟筆，在圓木上畫線。

「糟糕，拿錯了。」

不知為何，他苦著一張臉將蠟筆收回後，這次改拿白色粉筆開始畫線。

「藍色看得比較清楚。」

我說。矢神回頭後，露出難以言喻的表情。

「抱歉，這枝蠟筆不行，因為不是我的。」

「……偷來的？」

矢神苦笑。

「不是那個意思……不對，可能跟偷來的沒什麼差別吧，因為借了沒還。」

他一副若有所思的樣子，是有什麼故事嗎？

「借了沒還，是指蠟筆嗎？」

「嗯……」

矢神的聲音有些含糊不清。

「我一直很後悔沒把蠟筆還回去，現在想想，其實只要寄回去就好，住址應該沒有改變……」

感覺好陰鬱啊，還是不要深究好了。

「啊～～雖然我搞不清楚是什麼狀況，那好吧。白色就白色。」

我自暴自棄地說完，矢神便抬起頭來，再次苦笑。

「妳這個人還真有意思呢。」

真沒禮貌。這還是第一次有人這麼說我呢。

結果我照著矢神幫我畫的線切割——做得出來才怪，只雕出個歪七扭八的立體狀物體就結束了，最後所有專家透過表演的方式，雕刻出各式各樣的作品。我還想說矢神好像在雕一個斜斜的建築物，結果是比薩斜塔。完成後，看得出來是比薩斜塔，真的很厲害。他說要讀美大，但好像不是要專攻雕刻。是叫作繪畫嗎？油畫或水彩……總之，聽說他要專攻那類的科系。不過他這麼會雕刻，應該平常就有在接觸吧。

體驗營結束後，有個類似餐會的小活動，我本來想快點回家，不過有矢神陪我說話，我便坐在角落慢慢地喝著果汁。我知道他應該是特別關照我，因為周圍都是大人，只有我一個高中生，矢神也沒有說話對象吧。不過，他說他認識主辦人，剛才主辦人也很親暱地叫他「小耀」。

我好像跟他天南地北地聊了許多話題，我有多久沒說這麼多話了，而且還是跟一個剛認識的人。雖然不想承認……但我可能很渴望與人接觸……感受人的溫暖，應該說想要跟人面對面溝通。

「跟人交談很開心吧。」

矢神又像是看穿我的心思般說道，讓我有點不甘心。

「我了解妳的心情，我也是窩在家三年後，來體驗營得到療癒的，雖然不是在這裡……但當時我隔了好久才跟活生生的人說話，覺得不管什麼，還是活生生的好。」

「……感覺好色喔。」

「是妳的思想色吧。」

矢神開懷大笑。

「跟人相處真的很難對吧。擅長的人不需做任何努力也能跟人相處融洽，但像我和妳這種人，大概會在別人不會跌倒的地方一直摔跤受挫、煩惱、不斷思考才能前進。」

「看不出來你像我這種人耶。」

你很會跟人溝通啊。

「那是因為我有在努力啊。」

他若無其事地說。

「既然比別人差，就只能努力了吧。」

「好青春喔。」

我輕聲低喃，矢神搔了搔頭說：「妳別挖苦我啦。」

「……你做了什麼努力？」

我問來參考參考。

「這個嘛，首先，我把自己在講話的樣子錄起來。」

「什麼？」

那是怎樣？矢神一臉得意的樣子。

「妳沒想像過自己正在說話的樣子吧？尤其是對說話沒自信的人。所以先錄起來，自己看看，看了會讓人想尖叫，真的很噁心。」

矢神笑了，但我分不清他是開玩笑還是說真話。

「把自己醜陋的部分攤在眼前，產生想要改變的想法。比如說，說話時要抬頭挺胸、不要左顧右盼、不要小聲說話。然後錄影、改正、再錄影……」

「運動選手啊你。」

「沒錯，就跟運動選手一樣，努力不就是這麼一回事嗎？」

真是令人傻眼，這傢伙是傻瓜嗎？

「我認為，擺出一副『對啊，我就是很醜陋的人』的樣子，才是最醜惡的。」

矢神輕聲說。

「不可以擺爛，一定要改變才行！如果一心認定自己是醜陋的、是廢物，那就絕對改變不了……我也沒有改善得很完美就是了，我到現在還是覺得自己很廢、很沒用，只是次數變少了。」矢神笑著說完。

「……我幹嘛說這種事啊。」

別在這時擺出嚴肅的表情啦，我正想回答：「真是勵志呢。」

「我才不要錄影。」

我斷然地說。

「感覺看了會想死。」

「會。我敢保證。」
「你的意思是，現在的我很噁心囉？」
「我的意思是，妳必須改變這種想法。」
之後我們繼續聊消極的話題聊個沒完，散會時聲音都完全沙啞了，有通溝障礙的人就是這樣。

我在一個人踏上歸途，搭上電車後，才察覺到口袋裡有東西。
拿出來一看，是一枝藍色蠟筆。這不是那傢伙的嗎……？為什麼會在我身上……我記得餐會時又提到這個話題，他有拿出來讓我看沒錯……等一下，難道是我不知不覺收進自己的口袋裡了嗎？我有聊得那麼忘我嗎？話說回來，那傢伙自己也該發現吧。感覺這枝筆對他很重要的樣子。
「奇怪？」
早知道就跟他留聯絡方式了，雖然我沒有手機啦。問父母搞不好會知道，他們說過認識主辦人。不過，我也沒道理為他做到這種地步，反過來說，要是對方想聯絡我，也不是沒有辦法……不對，他應該根本不知道蠟筆在我手上吧。

當我想一堆藉口時，電車已經抵達小山丘站，我一回到家就先把蠟筆扔進書桌上的筆筒裡。

*

從那天起，我開始多多少少會出一下門。

我並不是被那傢伙說的話感化，也不是感到恐懼……好啦，是啦。

我試著製作新的集點卡。當天外出一點，跟父母以外的人說話兩點，參加體驗營十點！點數大方送！結果除了電鋸藝術之外，我沒再參加其他體驗營。

我現在才發現，外出後會用到五感呢。窩在房間時也有在用，但沒有靈活運用。虛擬世界只要求視覺和聽覺。現實世界是秋天，不對，已經快接近冬天了。變色的樹葉、冷冽的北風、腳下沙沙作響的落葉、火堆的味道、甘甜的烤番薯……也許要靈活運用五感，才能體會到活著的感覺。

一開始先嘗試在住宅區裡散步，接著再慢慢擴大範圍。我還是沒有去上學，但有試著走到學校附近。我是從放暑假後開始窩在家的，所以已經將近三個月。有種來到畢業母校的懷念感，不是開玩笑的。我想矢神說的，就是指這種感覺吧。

十一月時我搭電車來到鄰鎮，然後慢慢遠行到一個又一個的鄰鎮……父母偶爾做飯給我吃的時候，我會吃。深夜去便利商店的次數減少了，體重慢慢增加，除了散步以外，也開始嘗試做其他運動。

十二月，等我意識到的時候，發現沒開電腦的時間變長了。並不是我玩膩了，而是有其他事情做的話，就不會那麼常盯著電腦。又不是系統工程師或作家，外出比玩電腦更能消磨時間。房裡的時間是停滯的，就像空氣沉澱一樣，時間完全沒在流動。但外面有風在吹，空氣在循環，時間也在循環，所以時光流逝得比較快。

電腦發出的聲音很悅耳，這一點沒有改變。不過，我偶爾會覺得其他聲音也不錯。當我產生這種想法的時候，我想我大概已經開始從掉落的「洞」裡往上爬了吧。

＊

一月起，我開始去上學，就只是想說去一下好了，並沒有什麼了不起的原因促使我去上學，而是一些小事情的累積。就像隨處可見的集點卡一樣，一個一個蓋上的印章，集滿後就能得到什麼優惠。新的集點卡在今年內集滿了，所以我從自宅警備員轉換成考生，就只是如此而已。大概吧。

母親看到我睽違已久穿上制服的模樣喜極而泣。真傻耶，又不是入學或畢業典禮……她對我說：「路上小心。」然而我卻無法好好地回答：「我出門了。」聲音好像在顫抖。

沒想到，我很順利地走進學校，大概是因為養成外出習慣的關係吧。我先到教職員室跟老師打聲招呼，談了一些事……接著再進教室。想不到同學都還記得我，他們雖然嚇了一跳，但還是主動跑來跟我說話，跟我說好久不見，問我怎麼都沒來上學之類的，我聽了很開心。矢神說過的……活生生的人的聲音，聽起來真舒服。何況我在高中又沒有被霸凌。

於是，我很順利地回歸校園，但課業完全跟不上，學校讓我補習，因為第二學期我完全沒有出席，出席率當然岌岌可危，所幸好像還是勉強能畢業的樣子。應屆考試是考不上了，所以我放棄考試，打算鎖定某間大學重考，雖然又要給父母添麻煩了……但肯定比留級然後輟學要好吧。

感覺所有事情進展得飛快，令我有些錯愕。想說我有那麼行動派嗎？果然有志者事竟成嘛，搞得我有點得意忘形。但我還是一樣有溝通障礙，沒有交到稱得上是朋友的朋友。不過，可能是因為長期沒有來學校，周圍的人非常照顧我，讓我加入他們的圈子。儘管沒有找到像矢神那樣聊得來的同學，但我一點一點，漸漸融入了學校生活。

對了、對了，雖然我曾向矢神宣言我絕對不會做，但我還是錄影了！錄下自己說話時的模樣！

嚇死人了，想找個地洞鑽進去！超噁的！矢神當時真的沒在開玩笑。我平常有這麼鬼鬼祟祟嗎？莫名其妙的動作太多了。為什麼那時要晃頭晃腦的啊？視線游移得也太誇張了吧，說話說得太不清楚了。難怪周圍的人會嚇到……我過去一直把錯怪在別人身上，其實自己也有責任。雖然做自己很重要，但那些擅長溝通的人，說穿了就是比較擅長配合別人，我想那也是經過許多努力換來的結果。

另外……我能夠坐下來跟父母一起吃飯了，也有跟他們稍微聊一下，比如說聊將來的事……也就是出路啦。我還沒有向他們道歉。還是必須道歉才行吧。但那有點尷尬，應該說是我卑微的自尊心在作祟。父母可能並不在意，但我想做個了斷，希望能找個時間跟他們鄭重道歉。

外出後，時間真的流逝得很快。

開始上學兩個月後，轉眼已迎來春天。

*

三月。

我低空飛過，勉強得以畢業，也出席了畢業典禮。這次是真的成為母校了。半年前的自己好像不曾存在一樣，我以畢業生的身分走出了校門。就像是奇蹟一樣，真的。

放春假後，我第一件事就是整理房間。畢竟必須準備考試，我先將電腦封印起來，也收起漫畫。書桌的周圍只擺跟學習有關的物品好了，因為我難以抗拒誘惑。

當我打開不常開啟，書桌最下方的抽屜時，發現了「那樣東西」。陌生的餅乾罐映入眼簾，我疑惑了片刻，然後拍打了一下額頭。

「慘了……我忘得一乾二淨。」

時光膠囊，必須寄給下一個人才行。話說回來，我連自己的信都還沒看呢。

我慢慢打開盒蓋，裡面放著兩個信封。我先拿起自己的信封，把它拆開，感覺有點緊張呢。從信封抽出的是，一張不符合自己風格，有著可愛貓咪圖案的淡茶色信箋，上面寫著數行潦草字跡組成的短信。

守屋時子小姐：

我不太擅長寫信，所以我寫下我的預言。

十年後，妳很會彈鋼琴。

十年後，妳會有一百個朋友。

十年後，妳的超能力會覺醒。

十年後，妳會比班上每一個人還聰明。

「噗呵……啊哈、哈哈哈哈！」

一個都沒說中。我小時候確實學過鋼琴，不過小學五年級的時候就沒學了；我能交到一個朋友就已經夠詭異了，當然也沒覺醒什麼超能力；硬要說的話，我頭腦算是偏笨的，因為我是重考生啊。

不過，有一句倒是說對了。

並且十年後，妳會改變自己的命運。

我收起笑容，將信紙擺在書桌上，短暫地沉浸在感慨中。

我覺得我改變了，雖然不是十年後，而是十一年後。

我想，我從小就容易放棄各種事情。我怕生，不擅長交朋友，別人總是不讓我跟他們玩。即使只是六歲，我也早就明白自己是被排擠的人，讀了這封彆扭的信就知道，所以才希望將來的我能有巨大的改變。十一年前的我，當時的我自暴自棄，認為自己無法有任何作為。

結果，時間就這麼流逝，無所作為的我成為自宅警備員，本應悄悄淡出世界。

然而，我改變了命運。

好像漫畫一樣喔，說什麼改變命運，真是太矯情了。不過真的改變了，我當然只能笑了。預言說中了！就這層意義來說，過去的我搞不好真的是個超能力者。

「接下來只要寄出去就好……」

我拿起剩下的最後一個信封。

矢神耀

我不禁看了兩眼信封上的名字，這不是……

對照通訊錄後，確定下一個人的確是矢神耀。最後一個人，點名簿上排在很後面的號碼。

那傢伙好像也姓矢神吧，然後，有人叫他「小耀」，是偶然嗎？

可是，同年又叫矢神耀的，有那麼容易碰到嗎？

我抽出小學的畢業紀念冊，六年級有兩班，團體照中果然沒有矢神耀的臉。

「是哪裡弄錯了嗎……？」

我再次翻過信封，原本黏在信封下的某樣東西飄落地面。

「照片……？」

好像是製作時光膠囊時拍的紀念照，背面寫著十一年前的日期和一年一班製作時光膠囊紀念。照片的角落有張畢業紀念冊上沒有的臉孔——大眼睛、白皮膚，像個柔弱女孩的男生。

喔喔，是這個傢伙啊。

我想起來了。沒錯，一年級的同學裡有他，矢神耀，那個總是在畫畫的小孩。皮膚白皙，視力很差，臉整個貼在空白筆記本上……好像在放暑假前搬家了，第二學期就不在了。因為他不太顯眼，大家馬上就忘記他。

不過，我還記得，應該說，我想起了他，因為我前陣子遇到過本人。沒錯，那傢伙是矢神耀。因為按照點名簿上的順序排座位，本來是我坐在前面的，但因為他的視力差，就換到教室前面的位子，所以我反而對他留下深刻的印象。沒錯，他的背影的確是那個樣子沒錯，笑的時候也是像那樣子笑。就像照片上一樣蒼白——不過長相多了份男人味。

他搬家的話，就代表寄到這個住址他也收不到吧，通訊錄上的地址是小學一年級時留的。

我凝視了一下他的信封。

「話說回來，那枝蠟筆……」

我收到哪裡去了？藍色的小蠟筆，感覺明明應該很重要，我卻隨便丟到不知道哪裡去了。

我在書桌附近翻找了一會兒，不久後在筆筒底端發現蠟筆可憐兮兮地縮在那裡，還好有找到。

我舉起食指一半長的蠟筆，在燈光下看著，心想既然都要寄信了，不如也把這枝蠟筆一起寄過去吧。反正花費的時間都一樣，只剩下一封了，用信封寄就好。為了一封信寄出整個餅乾罐，未免也太愚蠢了。

地址問母親應該能問得到，先跟體驗營的主辦人聯絡，再問他矢神耀的地址，一定能順利寄到他手上。

「……這世界真小呢。」

俗話說，井底之蛙不知人海，但我想青蛙一定明白井的狹小。不對，正是因為體會過世界的遼闊，才明白自己所處之地的狹小。我曾經跳到井外，因此現在才知道井的狹小。不過，我大概還不知道大海有多遼闊，所以從今以後，我要去了解。

沒有航海圖，也沒有羅盤。

但是這樣就好。

這樣正好。

出發去航海吧，行遍這個寬廣世界的各個角落！

六、矢神耀

——我從以前就喜歡櫻花色，削鉛筆機的集屑盒裡，總是充滿像櫻花花瓣的粉紅色屑片。

*

我從小就立志要就讀位於小山丘的小山美，當時我打算不管住在哪裡，只要考上大學，就搬到學校附近一個人生活。

因為諸多原因，我沒有上高中。十八歲的夏天，我一邊打工一邊考取高中同等學歷認證，然後去美大類的補習班補習，同時去認識的雕刻家的工作室幫忙，隔年二月考大學。冬天進入尾聲時，我順利考上大學，便在大學附近租了一間附有廚房的小公寓。然後今年春天，我正式展開獨居的大學生活。

不習慣煮飯和做家事費了我許多心力，但每天都充滿新鮮事，讓我興奮不已。不論是學校的課業，還是在家的生活——都像是在填補不存在的高中時期那段空白一樣，每天都過得很刺激，我的眼神肯定有如天真無邪的少年般閃閃發光吧。

尤其是大學生活，因為是自己選擇的專門領域，能學習相關的知識技巧令人感到非常充實。我從小就接觸畫畫，能從頭從基礎學習素描、色彩、設計等相關專門技術，我真心感到十分慶幸，而漸漸學會這些技能的真實感，也令我內心雀躍不已。

很久沒有當學生，也讓我感到很新鮮，而光陰似箭，飛快流逝。

時間來到五月，季節是初夏。

當正門的櫻花完全凋謝，我也慢慢習慣大學生活時，我收到了一封信。

「要號召全班同學一起挖出來太麻煩了，就照班級通訊錄的順序傳下去吧。」

我是在放完黃金週假期時收到那個信封，它混在老家寄給我的包裹裡，好像是在一個月前寄到老家的。會知道我現在老家的住址，代表至少是我這幾年所認識的人，但我一開始卻想不起來寄件人是誰。

守屋時子。

片刻之後，我的腦海裡浮現出一個顫抖著雙手，彎腰駝背拿著電鋸的少女。

啊啊！是體驗營認識的！

我想起了她，卻不明白她為什麼要寄信給我。我疑惑地拆開信封後，裡面滾出一枝蠟筆，我不禁瞪大了雙眼。

一枝用得很短的鈷藍色舊蠟筆。

我還以為弄丟了。去年秋天，我去熟識的工作室主辦的電鋸藝術體驗營幫忙，那天在回家路上不經意地把手插進口袋時，卻感受不到平常應有的觸感。

我心急如焚，因為那是我和她唯一且最後的連繫。只要我拿著它，就有「理由」非還不可，可是弄丟的話，我便失去與她碰面的藉口。我之所以沒有寄還給她，大概也是這個原因。

「原來是她拿走的啊……」

我輕聲低喃，因為太過安心而起了雞皮疙瘩。

不能說是她拿走，應該說是她幫我保管。那麼這封信應該是寫關於這件事的吧——我原本是這麼認為，但看來好像不是。接在蠟筆之後從信封中掉出來的，是一個更小的信封與一張紙（通訊錄），還有一張寫著注意事項與「要號召全班同學一起挖出來太麻煩了，就照班級通訊錄的順序傳下去吧」字句，感覺挺費事的紙片。

請嚴守下述規則：

・只拿自己的，不看別人的（保護隱私）。

・不對他人的時光膠囊惡作劇（高中生不幼稚）。

・看完後，寄給通訊錄上的下一個人（身為同學的義務）。

讀到這裡，我大概掌握了情況。

這是時光膠囊。

明明是十幾年前的事了，我卻意外地記得一清二楚。

雖然我讀小山丘小學只有小學一年級短短幾個月，但那段時期確實製作了時光膠囊，寫信給十年後的自己。我也大概記得我信裡寫了什麼，應該說，我忘不了製作時光膠囊那段時期同時發生的某件事，導致那時的事我記得一清二楚。

我想打開信來看，卻突然覺得不太對勁。信封特別厚……？我拆開信封後，裡面除了信箋，還裝了另一個信封，我越來越覺得像是在打開俄羅斯娃娃了。

這是什麼？

那當然不是我自己放進去的。也就是說，是有人後來放進去的……？信封上沒有寫名字，我翻過信封，看見背面封住開口所貼的貼紙後，身體僵住了。

那是一張不知是貓咪還是狸貓，老實說不怎麼可愛的卡通貼紙。

我認識一個喜歡這種貼紙，喜歡到甚至會貼在書包上的女孩。

＊

——有件事一直令我後悔不已。

小學一年級的第一學期，我在小山丘第六小學度過，那所學校在小山美附近。我只就讀整整一個學期，那段期間，我跟一個女生交情很好。

若是硬要用美大生會形容的語彙來說，那女生有著一頭烏黑的頭髮，以及如白瓷般美麗的肌膚，簡單來說，就像洋娃娃一樣。座號是一號，初春當時的座位是按照點名順序坐的，所以她本來不會跟座號最後一號的我有所交集，但由於我從當時視力便很差，必須換到教室前方，於是我便坐到她前面的座位。

我們一開始的交集是櫻花。

不對，直到最後都是櫻花。

喜歡鉛筆的我，和喜歡蠟筆的她，我們互相交換畫筆，不厭其煩地畫著櫻花。即使春天過去，櫻花凋謝，櫻花樹長出新芽，我們的眼中依然看得見綻放在枝椏前端的粉紅色花朵，以及後方鮮豔的鈷藍色天空。

相對於神經質地只在空白筆記本正中央有限空間中寫生的我，她是個畫圖自由奔放的少女。我因為視力不佳，無法將眼前的世界如實描繪出來，而她握住我的鉛筆時，卻在空白筆記本上揮灑自如。我只在空白筆記本的中央繪畫，她則是大面積地使用紙面，自由自在地使用，有時甚至會超出紙面畫到書桌上。世界在她的眼中似乎閃閃發光。

我們肩並肩畫著呈現對比的圖畫，卻依然持續畫著相同的東西。交換彼此的櫻花色色鉛筆以及鈷藍色蠟筆，不停畫著櫻花和天空。

……不知道她之後過得如何？

曾經是個怎樣的國中生？

曾經是個怎樣的高中生？

現在又成為怎樣的大學生呢？

——有件事一直令我後悔不已。

那年夏天，我和她吵架，沒有和好就分開了，沒有把向她借的鈷藍色蠟筆還給她。

父親經常調職。

＊

離開小山丘第六小學後，我輾轉讀了三所小學才畢業，國中則是兩所。我在第二所學校遭到霸凌，因此輟學。

與她道別失敗一事似乎在我心裡種下陰霾，假如和別人建立好交情後，又得像那樣分別的話——無論過程再怎麼快樂，最後還是得帶來那種痛苦的話，不如一開始就別成為好朋友。

道別不是件容易的事，又令人難受。小學一年級夏天的陰影，嚴重影響了我之後與人交往的觀點。

從小學二年級以後，我便不交朋友，不斷避免與人接觸，只是默默地在空白筆記本上畫圖。我原本並非沉默寡言的個性，所以刻意壓抑後，表現出來的都是尖酸刻薄的態度，周圍的人立刻敬我而遠之——儘管那原本就是我期望的。

無論去哪間學校都讓老師擔心，無論去哪間學校都遭人白眼。我畫的畫，缺少櫻花色，不久後，甚至漸漸不使用其他顏色。

上了國中，我終於正式成為同學霸凌的對象。內向寡言，喜歡畫黑白畫，又戴著眼鏡的轉學生，再怎麼掩飾看起來都不像是社交型的人物。同學一開始是抱著捉弄的心態——不久後則是含有明確的惡意對待我。保持距離很好，因為我希望別人不要理我；但霸凌肯定是與人相處的一種方式，姑且不論怎麼霸凌，過程中都勢必會與人產生「交集」。

我當然討厭被霸凌，但真要說的話，我更討厭與人產生交集。

當時的我，病態地拒絕與人產生交集，固執地催眠自己不能與人產生交集，無論是以什麼樣的形式——更別說是霸凌這種負面的交集了。

之後自己會成為繭居族，就某種意義而言可說是必然的。為了不與人產生交集，最簡潔快速的方式就是將自己與外界隔離。

我原本打算留級，或是配合父親調職而轉學。

——不過，閉不出戶就像是鑽洞一樣，會越鑽越深。

過了一年，我不再拿起鉛筆畫畫。

過了兩年，何只是窩在房內，我甚至躺在床上幾乎一動也不動。

然後，到了第三年，我終於鑽到了洞底。照理說，那年春天我應該是高一生，而我終於領悟到自己快變成活死人。

也許我一直在期待洞底會有什麼吧。

然而，那裡什麼也沒有，只是漆黑一片。排除所有交集，一直往下鑽的結果，只有我一人宛如活屍，用枯瘦的雙腿站在不知是地面還是何處的上方。

想不起多久沒碰的書桌上，擺著全新的素描本和鈷藍色蠟筆。抬頭仰望自己鑽出的洞，也能看見鈷藍色的天空。

當我總算爬出洞時，已經十六歲。

曾經跌到谷「底」的人，一輩子都擺脫不了自卑感、妄自菲薄、喪失自信這類負面標籤的詛咒，自己給自己貼上的詛咒標籤。

我窩在家裡的期間，父母千方百計想帶我踏出房門而拿來的各種物品，堆積在房間的角落。新畫具、繪本、圖鑑，以及體驗營的傳單……

我挑了個父母不在的日子，恍恍惚惚地走出家門，搭上許久沒坐的電車。體驗營本身並沒有什麼大不了，只是我在那裡時隔三年與一個同輩面對面聊了天。

那種感覺——就像在盛夏全速奔跑後，將水龍頭轉向上方，大口喝水一樣。遠勝於味覺感受的快樂，更加原始的欲望獲得了滿足。

是我一直渴望的，與人之間產生「交集」。

*

矢神耀先生：

你好嗎？據說十年後你已經成為高中二年級生。我完全不知道未來會是什麼模樣，你成為一個怎樣的高中生呢？

現在還在畫畫嗎？小學一年級的我，以後想讀小山丘美術大學。十年後也是一樣嗎？如果是的話，我想拜託你一件事。

你還記得淺井千尋嗎？

你還記得自己跟她吵架了嗎？

搬家的事很早就決定了，但我卻一直說不出口，拖到最後才說出來，結果千尋就不再跟我說話了，你還記得嗎？當時我沒有把她的蠟筆還給她，就帶回家了。

小學一年級的我馬上就要搬離小山丘，要是我無法鼓起勇氣跟她道歉，我想拜託十

年後的我一件事。

千尋一定會來小山丘美術大學，所以，到時候請把蠟筆還給她，然後，希望你代替我為那天的事向她道歉。

讀完信後，有股感情從內心深處油然而生。就像擰乾吸飽顏料的抹布時，流出來的混濁顏色一樣，想要立刻用水沖掉。

我自己最清楚自己的醜陋。

我甚至錄下自己說話的影片來觀察，所以比任何人都還更了解。

打算道歉而一直留存的蠟筆，不寄還給她留在手邊的蠟筆。曾經離開我身邊，卻又因為奇妙的緣分而重回我手上，宛如在對我說：「好好還給她。」

我的確記得她說過她也要考小山美，應該說，我報考小山美的理由有一半是因為她。不過，老實說，我覺得很愚蠢。只有我記得跟她之間的約定，把蠟筆當成護身符，每天放在口袋——當我做這種沒志氣之事的期間，搞不好她早就忘記我，找到新的夢想也說不定。

她會不會和我上同一所大學呢？

「怎麼可能嘛。」

我原本想要一笑置之，卻事與願違。

都是十多年前的事了，小孩子的約定通常都是說著玩的。我根本不曉得她這十年來是否依然還在畫畫，是否依然立志報考小山美，是否仍舊記得我。

不過，既然如此——

這又是怎麼回事？

我目不轉睛地盯著從自己的信封中拿出的另一個更小的信封，宛如那是一隻不知為何物的怪獸。我與長相醜陋的貓咪對視，那傢伙像柴郡貓一樣，露出邪魅的笑容……

雖然這麼說對設計師很失禮，但我想應該很少女生會使用設計如此詭異的貼紙。

況且……如果這個時光膠囊有規規矩矩地按照通訊錄順序寄出的話——不對，就算不是這樣，她也應該會第一個收到，因為她的座號是一號。

我希望那是她放的。

可是，又害怕那是她放的。

結果我沒有勇氣打開那封信。我將自己的信塞回信封，輕輕收進抽屜底下。

＊

「小耀同學，你沒有女朋友嗎？」

學院的聚會上，有個同科的女孩這麼問我。當時我已經喝光一杯中杯啤酒，有些神智不清。

我還未成年，其實不能喝酒。但上了大學，來到酒館聚會，學長姊遵循社會意識不勸酒……怎麼可能！至於會不會被逼酒那又另當別論，但學長姊在你隔壁大口喝著啤酒時，自己總不能喝柳橙汁吧。男人更是如此。

四月我嘗到了酒的滋味，早就知道自己不勝酒力。一杯啤酒下肚便滿臉通紅，第二杯便口齒不清，依照喝酒速度不同情況會有差異，但基本上三杯下肚後會亮黃燈。我沒有喝五杯以上的記憶，這並不是指我通常喝到四杯就會停止，而是如同字面上的意思，我喝五杯以上就會失去記憶。

「話說，你今天沒戴眼鏡耶。」

因為眼鏡弄丟了，之後我便決定都戴隱形眼鏡參加聚會。不過酒勁上來後，我的眼睛根本對不了焦，結果跟裸視沒兩樣。

「妳是哪位……？」

我神情茫然地詢問後，她便嘟起嘴唇，皺起柳眉。

「聽說你酒量很差，還真的是呢。」

「喂，石川，妳最好別糾纏喝醉酒的矢神，尤其不要跟他談重要的事，這傢伙隔天全都會忘光光。」

一名男子從對面插嘴，我對他有印象，是同科的同學，叫境。我們都獨居，家也住得近，經常一起吃飯。

「這樣啊，不過，我還是先自我介紹吧。我叫石川，石川千尋，跟你同一科。」

「千尋……？」

我突然清醒，眼神立刻集中焦距。坐在我隔壁的，是個染了亮茶色頭髮，妝容精緻的苗條女孩。我不由自主地凝視著她的臉，試圖想在上頭找出過去的「她」的影子。

「咦，怎麼？我的臉上沾了什麼嗎？」

人稱石川的那女孩，歪了歪頭。

「啊，沒有。」

我在幹什麼啊？姓氏不一樣吧，而且，根本一點兒也不像。

「然後啊，關於剛才的問題。」

「咦？」

我伸手拿起手邊的瓶裝啤酒，倒進空酒杯，想要找回非我所願而清醒的酒意。

「你有女朋友嗎？」

我有些失手，把酒灑了出來。石川拿起濕毛巾幫我擦桌子，說：「我來幫你倒。」然後順手幫我倒酒。

「……沒有。」

「咦～你看起來像有女朋友的樣子呢。」

她露出有些狡黠的表情說。我聳了聳肩。

「我沒上高中，國中也輟學了，所以我不怎麼擅長與人交往，社交這類的事，我真的有障礙。」

「看不出來耶。」

「那是因為……我有付出一定的努力。」

我低聲回答，啜飲啤酒，接近常溫的金黃色酒精早已失去罪孽深重的滋味。我本來就不怎麼喜歡喝酒，真要說的話，像是水果酒那類甜味的酒我比較能接受。但要是說這種話，會讓學長姊和境覺得掃興，所以我只好陪他們喝啤酒。
「這樣啊，那其實還是可以約你囉？」
我將啤酒喝得精光，感覺酒意又返回了一些。
「什麼？」
「我想看一部電影──」
之後石川說了什麼，我記不太清楚了。

回家的途中，記憶似乎又再次啟動。
等我回過神來，發現自己來到大學的正門前。那裡種了一棵大櫻花樹，四月中旬之前還盛開得極美，如今已長出綠油油的新芽。春天時分，有許多學生會來這裡素描，似乎有老師每年都會指定素描正門的櫻花當作課題。
當我恍恍惚惚經過櫻花樹前時，瞥見一名小跑步衝進夜晚校園的少女。比黑夜還深的黑色馬尾，如白瓷般光滑的後頸……等我赫然回過頭時，她已經從我的視野中消失，只留下漸行漸遠的腳步聲。
「……怎麼可能嘛。」

我為何瞬間以為是「她」？真糟糕，我完全醉了。
回到家後我馬上跑去喝水，然後一屁股躺上床。
醉意開始緩和下來，舒服的飄浮感配合著床墊的起伏，試圖引誘我進入夢鄉。
……不行，得沖個澡才行。
衣服染上了別人抽菸的菸味，以及一股奇妙的……甜味。
當我使出全力抵抗睡魔站起來時，「喀沙」一聲，有東西掉落地面。
是信。
沒有寫上寄件人，用醜貓貼紙封起的小小信封。
千尋。
那是同名不同姓的人。
烏黑的馬尾與白皙的後頸。
那也肯定是其他人。
這麼，這封信呢……？
等我回過神來，我已經拆開了信封。假如這是她放的，我想知道裡面寫了什麼——
這種根本的欲望，借著酒勁擊潰了同時湧上心頭「害怕知道內容」的恐懼。

致 十年後的你：

對不起，擅自打開你的信。好久不見。我是拿走你櫻花色色鉛筆的人，不知你還記得我嗎？

今年正好滿十年，於是我收到了時光膠囊。據說是因為懶得號召全部的同學，才按照通訊錄上的順序，輪流寄給下一個人。我的座號是一號，而你想必是最後一個收到的吧。也許你收到時，已經不是十年這個數字了。

我現在就讀高中二年級，正在思考未來的出路。

你還記得我們以前的約定嗎？因為你說要讀小山丘美術大學，所以我也不甘示弱地說自己也要讀那裡（現在回想起來，我當時可能一點都沒有想讀那裡的意思）。但你沒有嘲笑我，而是跟我打勾勾，約好一起讀小山美，於是我決定認真朝這個目標邁進。

十年後的現在，我仍在畫畫。明明畫技比當時還要成熟了，卻覺得呈現出來的感覺不比當時好。當時的我喜歡藍色，可是現在我不使用藍色作畫。

你拿走的鈷藍色蠟筆還在嗎？

我的手在顫抖，是酒精作祟嗎？不只這個原因，我想大概還有……

我慢慢抬起頭，望向書桌。

緊握在手的期間，因為自己的體溫而慢慢融化，越變越小的鈷藍色蠟筆，已經只剩隨身碟大小的一半，但它確實還在那裡。

靜靜地躺在那裡。

——不對，我相信一定在你手中。

我手上還留著你的櫻花色色鉛筆，說是保管……有點不太符合情況，畢竟那天是我擅自拿走的。

我一直想要還給你，可以的話，我想當面好好還給你。

你知道小山美的正門前種了一棵櫻花樹吧？

要是我順利考上小山美，我會在那裡等你。

我決定每年只在櫻花綻放的期間，在那裡等你。

如果你已經放棄畫畫，沒有打算報考小山美——而且已經忘記我和蠟筆的事情——

就請你把這封信當作是寄錯了，丟掉吧。無論如何，請你保重。

淺井千尋　敬上

「淺井……千尋……」

雖然我覺得把所有事情都推給酒精不太妥當，但我還是認為這大概也是酒精害的——我的淚腺變得脆弱，淚水滴滴答答地沾濕了信紙。

我怎麼可能會忘記啊！

我如此想著。妳根本不明白我惦念與妳分開的事惦念了多久……

然後，我再次心想：

……不知道妳之後過得如何？

曾經是個怎樣的國中生？

曾經是個怎樣的高中生？

現在又成為了怎樣的大學生呢？

——好想見妳。

這麼想的瞬間，內心深處同時感到一陣刺痛，陷入一股再次被推下「洞」底般的感覺。

我曾經跌落谷底。

我曾經丟失重要的蠟筆。

即使沒有經歷過這些事，那天的事本來就錯在於我。況且，只要我想見面，隨時都可以去她家。我知道她家的住址，只要她沒搬家，我隨時都可以去見她——之所以沒那麼做，是因為我抱持著這種心態吧……

事到如今，我哪還有臉去見她。

無論如何，今年的櫻花已經謝光。

不久，梅雨季節過去，夏天到來。當天空飄浮著積雨雲時，我經常使用藍色顏料描繪天空，湛藍清澈的天空，是她以前喜歡的天空。由於房間實在太熱，我將鈷藍色蠟筆收進冰箱，以免它遇熱融化。

在叫苦連天，忍受著炎熱的情況下，不知不覺季節已進入秋天。正門口的櫻花樹樹葉也轉紅，不久後落葉掩埋樹根，冬天的腳步聲也越來越近。那一年，光陰似箭，時光流逝得飛快。等我意識到的時候，已是近年底的臘月，就快要過新年了。

明明總是想著她，腦海裡卻沒有浮現見面的想法。明知自己是為了實現約定而來到這裡，她可能也就讀這所學校——到了關鍵時刻，我卻裹足不前。

新年假期時我回了老家一趟，在那裡度過元旦頭三天後回來——然後在開學前一天發現異樣。

彷彿受不了遲遲不肯行動的我而離家出走似地，蠟筆再次消失了蹤影。

我記得在夏天時將它收進了冰箱。

然後就習慣了它不在書桌上，不過，當我睽違已久回到房間，突然打開空空如也的冰箱一看，卻找不到藍色蠟筆的蹤跡。

我感覺自己瞬間鐵青了臉，宛如自己在不知不覺間吞下了那枝蠟筆似的。它跑到哪裡去了？什麼時候不見的？除夕……我記得有大掃除過，因為暫時不在家，所以也盡量清空了冰箱。可是——

之後，我翻箱倒櫃，查看所有縫隙，還是沒有找到蠟筆。我不死心地跑到平常丟垃圾的地方尋找，調查垃圾車從哪裡出發，最後甚至跑到垃圾場去，但面對堆積如山的垃圾，實在令我不得不屈服。

我帶著憂鬱的心情，迎接新年後的大學。

我至今還不確定她是否跟我就讀同一所大學，但現在也沒必要再確定了。過去從沒在校園裡遇見她，我想今後也不會遇到吧，這個念頭就像春暖花開般逐漸擴大。

*

隔年，大學二年級的春天，我刻意不走正門。我心中仍存有想和她見面的微弱念頭——但不想見面的心情卻更勝一籌，害怕見了面她會討厭我，何況小一時，我隱瞞她我要搬家的事，因此對她感到愧疚。

我的生日本來就很早，大概是同期裡最早滿二十歲成年的。自從能正大光明喝酒後，我經常喝得酩酊大醉，明明過去喝醉酒後發生一大堆糗事，我還明知故犯。酒量分明就差得要命，還一杯接一杯地喝到爛醉，周圍的人都笑說別讓我喝酒。

儘管酒伴繁多，我最常喝的對象還是境和石川。姑且不論家住得近的境，我和石川自從一起看過一次電影後，關係就變得有些奇妙。

大概是去年六月的時候吧，我們兩人去看了知名動畫電影導演當時上映的最新作品。然後像個美大生，自以為是地對背景美術、作畫等事發表意見，這倒是挺有意思的，但重點在之後。

回家時，她要求我跟她交往。

我完全沒有跟她交往的意思，因此嚇了一跳。一問之下才知道，在聚會她第一次跟我說話之前，就經常在上課時偷看我。石川坦蕩蕩地大方承認她喜歡我的長相，她大膽的言論令我不禁笑了出來，但我拒絕了她。我沒有告訴她，自己心繫另一個同名不同姓的少女。

石川看起來並沒有太傷心的樣子……我想是吧。從那之後，她並沒有明目張膽地黏著我，但有聚會時，她會若無其事地坐到我身邊，也經常傳訊息給我。過了將近一年，她還是這樣，她看起來個性輕浮，或許意想不到地專情。當然，也極有可能是我會錯意，但我直覺自己應該沒有判斷錯誤。

「咦，小耀同學？」

說人人到。我從後門走進校園，正要穿過一號館旁時，與石川不期而遇。

「你最近好像常來這附近呢，你都從後門來學校嗎？」

她似乎眼尖地察覺了。我們主修相同，上同一堂課的機會多，必然會往來同樣的教室，她會察覺倒也是理所當然吧。

「算是吧。」

我含糊地笑著帶過。

「妳呢？下一堂上什麼課？」

石川大概看得出我的意圖吧，她並沒有深究，而是閒話家常了一下便離開。分開後，我不經意地回過頭，發現對方也回過頭看我，向我揮手，我不自覺地也朝她揮手，但仔細思考過後，我覺得這種舉動可能不太妥當。

境常在星期五來我家。

我們彼此會帶酒闖進對方的家中，讓對方提供下酒菜晚酌一番，應該說通宵。才大學二年級就這麼狂妄，而且境才十九歲。因為我成年買酒沒問題，所以他經常叫我跑腿，最近大多在境的家裡喝。小山丘滿街都是酒館，但獨居的學生口袋能深到哪裡去。

「然後小葵她啊——」

喝酒時聊的幾乎都是無聊的閒話，畢竟酒精下肚，還能聊什麼正經話題。而且大多都是境在講話，今天聊的是他最近交往的一個叫小葵的女孩。

境的女朋友一個接一個地換。他在系上也十分受歡迎，身邊總是圍繞了許多人，這傢伙肯定沒想過要窩在家吧。這世上確實存在著天生擅長社交的人，而我十分清楚自己並非那樣的人。

「話說回來，你怎麼樣？」

我小口小口啜飲著罐裝啤酒，怔怔地隨口附和後，境把話題丟到我身上。

「什麼怎麼樣？」

我已經口齒不清。不知為何，我總覺得在家喝酒時，醉的速度比較快。

「我的意思是——」

境也已經滿臉通紅，他探出身子一臉想要聽八掛的樣子。

「你跟石川的進展怎麼樣了？」

冒出意想不到的名字，石川千尋。

「什麼怎麼樣……」

我呻吟般地咕噥。雖然說的話跟剛才一模一樣，但境大概也聽出這兩句語氣上的差異吧。

「你知道她喜歡你吧？她長得還滿可愛的啊。」

境知道我和石川之間奇妙的關係（好像是我喝醉酒說出來的）。

「我拒絕她了，在一年級的時候，我之前也說過了。」

「可是石川很明顯並沒有放棄啊，你們也約好下次要一起喝酒了吧？不要讓人家懷抱希望啦，乾乾脆脆地斬斷她的情絲。」

「你跟我說也沒用啊。」

那麼，只要拒絕她就好了嗎？這樣感覺也滿冷漠的，我會這麼想，是因為只考慮到眼前的事嗎？可是，我早就拒絕過她提出交往的事了。那就更應該斬斷對方的情絲啊——境是想表達這個意思嗎？

「既然你們那麼常兩人出去玩，幹嘛不在一起啊？」

境一臉受不了地問。感覺他之前也曾問過我這個問題，記得當時我好像也做出同樣的回答。

「因為……不喜歡她？」

連用疑問句這一點都一樣。

「你討厭石川嗎？」

「倒也沒有。」

「不討厭不就得了，搞不好在交往期間會喜歡上她啊？」

我露出奇妙的表情笑了。

因為我自己最清楚不可能會發展成那樣。

「我覺得不會。」

不知為何，我非常確定。

等我意識到的時候，發現境目不轉睛地盯著我的臉，露出一副了然於心的表情。

「喔喔，我懂了。」

我感到疑惑。

「你懂了什麼？」

境不懷好意地一笑。

「你有喜歡的人了吧？」

喜歡的人。

聽起來好有青春感啊。

我腦海裡的確浮現出一名女孩，不過，她的模樣是十多年前小學一年級的樣貌，我不知道她現在長什麼樣子，卻喜歡她嗎？

「境，我問你。」

我不假思索地低聲問道：

「喜歡，是什麼樣的感情？」

「喂、喂、喂。」

境打趣地說：「這是什麼偶像劇的臺詞啊？」

「我就是不知道嘛。」

我扔出空罐，殘留在罐子裡的液體飛濺出來，境大喊道：「你這個傻瓜！」

「喜歡就是想每天見到對方，想聽到她的聲音……看到她跟別的男生說話會吃醋之類的，不就是這樣的感情嗎？」

境邊用抹布擦拭地板邊說。

「應該是你來擦吧！」

境把抹布扔向我，我呆愣地接住。

「……那就不是了。」

「啥？」

「如果每天想見面、想聽到對方的聲音，會吃醋，這種心情叫作喜歡的話，那我想應該不是。」

因為我，根本不想見她。

「你說不是，是什麼意思啊？」境問。我搖了搖頭，不過，我對她不是那種感覺，而是更單純、簡單地……

「只是，想見她。」

我低聲呢喃。

脫口而出後，我嚇了一跳，因為這句話跟我剛才所想的自相矛盾。不過，聽起來卻像是真心話。

「但又害怕見她，所以不敢見她。」

我像是找藉口似地補充這句話後，似乎戳中境的笑點，他哈哈大笑地說：

「你這個症狀啊，比喜歡還要嚴重，是愛啊。」

「少來了。」

「那你跟石川交往啊。」

「為什麼最後結論會是這樣啊……」

我打開新的罐裝啤酒，大口大口地灌下肚——之後一如往常地失去記憶，所以不記得後來怎麼樣了。至少沒有把地板擦乾淨的印象。

*

我聽說了一個奇妙的傳聞，正門的櫻花樹似乎多了新的七大不可思議。

原本小山美就有七大不可思議——由於每年都會增加，其實根本不只有七個——說到有關加油添醋的校園奇聞逸事，自然不能少了它。尤其是正門的櫻花樹，光是這裡恐怕就超過七個。每年一到春天，就會有一群學生抱著素描簿圍在櫻花樹四周，但其中肯定有一名沒有人認識的學生——大多是這種傳說。

按照慣例，我都是在聚會上聽境說來的，但這次有點像童話故事。據說最近反而有個連素描簿都不帶的女生，經常佇立在櫻花樹下。她的肌膚白皙，頭髮烏黑，總是在櫻花樹下寂寞地凝視著遠方。

「聽說去年那女生也在喔。」

境壓低聲音說道。

「不過五月就消失了，然後今年又在四月出現。聽說只在櫻花綻放時出現，大概是在等人吧。」

聽到這裡，我內心感到侷促不安，只在櫻花綻放的季節出現的女生，在等人——？境越說越起勁，像是講恐怖故事嚇小孩一樣地露出可怕的表情，探出身子。

「不過，如果只是這樣的話，根本不會引人注目吧？怪就怪在那女生總是拿著色鉛筆，一枝跟櫻花一樣的粉紅色色鉛筆——」

*

之後，我比以往更極力避免經過正門，不斷祈禱櫻花趕快凋謝。就算不祈禱，其他地方的櫻花也幾乎慢慢凋謝，想必不久後，正門的櫻花也會全部謝光吧，即使如此……

我已經失去和她見面的理由。

不對，當我還保有那枝蠟筆時，和她的心情是一樣的。這十年來，我沒有把蠟筆還給她，我不想還，因為感覺要是還了，我和她之間的連結就會消失。現在的我沒有自信和現在的她產生新的連繫，所以才像是緊抓著早已過於淡薄的以前的連結——不對，事實上我的確是緊抓著不放。

不想見她，想見又不敢見，但還是好想見她，即使是現在也一樣。

「……可惡！」

在我舉起手邊室內燈的遙控器，想要扔向地板的那一瞬間——

「叮咚！」電鈴聲響起。

來訪者是石川和境，看見他們手上各提著裝滿碳酸酒和罐裝啤酒的塑膠袋後，來訪的理由便不言而喻。下午五點，時間感覺有點早啊。

「今天是星期五嘛，反正你也很閒吧？陪我們喝酒吧。」

境笑著說，但他從未不事先聯絡就要我陪他喝酒。這次突然不打聲招呼就過來，還帶著石川，我再怎麼遲鈍似乎也能察覺他的意圖。

話雖如此，我正好想喝酒，自己送上門的酒，誘惑力挺大的。我心想反正境也在……就讓兩人進門了，這一點已經正中境的下懷。

不久後，境說他有急事什麼的便離開我家。這時我已經一如往常地酒酣耳熱，石川也喝光了第二罐，於是我便回答：「了解～～」然後目送境離開，結果我們兩人一罐接一罐地喝著剩下的酒。

石川的酒品也頗差的。

「然後呀，教授囉嗦得要命，說我素描畫得一塌糊塗～」

酒是喝了不少沒錯，但喝的速度太快，似乎醉得也快。在家喝酒的缺點是很難用金錢來制量，我跟朋友去酒館喝酒時，基本上都不會選擇喝到飽（想要喝夠本的窮學生悲哀的個性，跟酒量差的我氣恰恰好不合），大概兩小時左右，喝個三、四杯就散會。因為不是喝到飽，就會考慮荷包，精打細算。但是在家喝酒的話，罐裝碳酸酒一罐頂多一百二十圓。

「石川，妳喝多囉。」

雖然我也沒資格說人家，但我搶走石川打算再開一罐的酒罐，要是她醉倒在我家也很麻煩。最好在酒醒時彼此都沒有產生誤會。即使喝醉酒，我的頭腦仍舊保持這點理性。

「少囉嗦，把酒還我。」

石川從我手上把酒搶回去，「噗咻」一聲拉開拉環，酒大概已經不冰了，但她還是直接拿起酒罐「咕嚕咕嚕」地喝下肚。

「妳這樣很沒有規矩喔。」

「泥也喝啊！」

明顯是喝醉了，我苦笑著將她硬塞進我手中的罐裝啤酒放到一旁。

「搞什咪呀，你這樣很沒勁耶……」

——我搞不好是第一次看見石川酩酊大醉的模樣，當口齒不清的她倒在地板上時，我心想不妙，錯過時機了。早知道在境離開我家時，我們也跟著出去外面就好了，在店裡喝的話，石川也不至於喝得爛醉如泥。

「話說，泥到底覺得偶怎麼樣呀？」

看吧，我就說吧，石川終於開始失去理智。

「什麼怎麼樣……」

我想起境問我同樣的事，我也回答同樣的話，在嘴裡含糊地說出這句話。

「現在只有我們兩個。」

「是沒錯。」

「而且我還喝醉了……」

她還想再喝，我急忙拿起酒罐，這次放到遠處，不讓她搶回去。

「我說妳喝多了，會沒辦法回家喔。」
「我不回家～我要住這裡，我今天要在這裡過夜～」
「境倒是可以，但妳不行，別再喝了。等妳酒醒，我送妳回去。」
石川搖了搖頭，看著我露出奇怪的笑容，感覺像是其實想擺出別的表情，但是那樣太可悲了，所以硬擠出笑容。
「小耀同學你，有女朋友嗎？」
「沒有啊，我一年前也說過了。」
話說回來，石川不是問我「有沒有喜歡的人？」
「那讓我住下來嘛！讓人家住～下～來～」
石川倒在床上，胡亂揮舞手腳。我的眼神不知道該擺哪裡，只好撿起空罐，攤開垃圾袋，一個一個裝進去。
「……人家都給你那麼多機會了，你還不為所動，很傷人耶。」
大概是自言自語吧，這句話說的很小聲。
一瞬間，遙控型的天花板燈突然熄了。話說回來，我在按下對講機應門時，把遙控器放在床上了。

即使昏暗，在月光的照射下還是隱約可看見房間裡的情況。石川鬧彆扭似地蜷縮在床上，不知是故意按下遙控器，還是轉身時不小心按到開關的。

「石川，遙控器。」

當我邁步走向床鋪的瞬間，踩到了什麼東西。

響起「噗咻」的討厭聲音，是某種東西被我的體重壓迫，發出飛濺而出的聲音。是酒罐嗎？但我根本無暇思考這種事，我失去平衡，雙手撐在床上。

等我回過神來，發現自己以極近的距離與石川對視。

這姿勢如果被人看到，一定會以為是我推倒石川。

「哇喔～～你好大膽喔。」

石川打趣地說。

「不是啦！」

我急忙想要否定。石川嘲笑我：

「我知道啦，你只是跌倒了對吧，抱歉，你要拿遙控器吧，遙控器……」

她的態度反而點燃了我的某種情緒。

我抓住石川打算伸出去的手。

反正那女孩也不可能明白我的心情，不如就算了吧。境說了，石川是個好女孩，為什麼不跟她交往，交往後搞不好會喜歡上她。

我將臉湊近石川的臉，一身酒臭味。不過，感覺有種香甜的味道。

「……小耀？」

我想說些什麼。

嘴巴一張一合地動作。

我與石川的距離近到快要碰到彼此的鼻子，然而我卻無法再往下移動。等我意識到的時候，視線已然模糊，石川困惑地問我：「你在哭嗎？」我連忙擦拭眼角，但淚水似乎已經滴落。

「……抱歉。」

「我完全沒事，甚至連碰都沒被碰一下。」

石川笑了，雖然在笑，卻是一臉受傷的表情。

「感覺酒意全消了呢。」

她開玩笑地說。她說的確實沒錯，所以我也跟著微微一笑。

「……我一直想問你一個問題。」

我們重新開喝，不過是喝無酒精飲料。

「你有喜歡的人嗎？」

她終於還是發問了，我想石川應該很害怕提出這個問題吧。

「……沒有。」

我發出細小如蚊的聲音回答後，石川朝我扔出空罐。

「你說謊的技術真差。」

石川笑道。

「雖然難以啟齒，不過我覺得我有權利知道。」

我抬起頭。

老實說，初次見面時，我覺得她是個輕浮的女生。但經過無數次和她出遊、喝酒，曾拒絕過她一次，她還一直喜歡我——無法喜歡上意外專情的她，或許就是這個問題的答案吧。

我的唇瓣輕易地吐出至今從未對任何人提起的話語——

「……正門櫻花樹的七大不可思議。」

石川瞬間皺起眉頭，然後捶打了一下手心。
「櫻花色鉛筆女孩？」
櫻花色鉛筆女孩，這個名字有點好笑。
「沒錯，那大概是我認識的人。」
石川點點頭。
「……這樣啊，是個漂亮的女孩喔。」
「妳看到她了？」
「嗯，畢竟都成了傳聞嘛。」
石川總算露出強顏歡笑的表情。
「你喜歡那個女生嗎？」
照話題的走向來說，也難怪她會這麼問。
「……應該是吧。」
「你不確定啊？」
「讓我想想。」石川苦笑著盤起雙手說：
「跟那個人在一起很開心，會心跳加速。會在意對方的一舉一動，想要了解對方的一切。想見對方。不想被對方看見自己難堪的一面，希望對方看見自己可愛的一面。還有，最重要的一點——」

她筆直地盯著我的眼睛說：

「腦袋想的全是那個人的事。」

「……這是什麼意思？」

「喜歡的定義啊，有說中其中一項嗎？」

喜歡的定義，這句話真不錯。

因為沒跟她見面，所以幾乎沒說中，但倒是說中了一件事。

「……嗯。」

這一年來，我腦袋裡想的都是她。

她說的，跟境說過的沒什麼兩樣。不過，不知為何，這次我自然而然地便認同了她的話，大概是因為出自石川的嘴吧。

「嗯，我喜歡她。」

即使經過了十年之久，我還是一如既往地，始終喜歡著淺井千尋。

「我明白了。」

石川簡短地說：

「那我們以後就是朋友了。」

她雖然面帶笑容，眼睛卻感覺紅紅的。當我驚慌失措，不知該說些什麼安慰她時，她像是先發制人地拍了拍自己的雙頰。

「今天境跟我說了，無論如何，把答案問個明白再說。我自己也是，明明被你甩過一次，還死不放棄，真是抱歉。」

我早猜到是境指使的，但看來我猜錯了他的意圖。我還以為他想要亂點鴛鴦譜，硬把我跟石川湊成一對，但並非如此。

「我想那女生今天也在喔，聽說她星期五都待到很晚。」

我望向時鐘，晚上九點。

「不會吧，都已經這麼晚了……」

「她一定在。如果她等的人是你，大概也很專情吧，我相信她一定還在。所以小耀！去找她吧！」

石川推了一下我的背，我踉踉蹌蹌地站起來。

我回過頭，石川把臉撇向一旁，揮著手叫我快去。

不過，要見她的話，我必須拿一樣東西去才行，但我已經把它弄丟了——

在我猶豫不決地穿上外套的時候……

口袋裡有東西微微跳了一下，那是我新年時穿回老家的牛角釦大衣的左邊口袋，我將手伸進口袋，那個小東西跳進我手裡。

我伸出緊握的拳頭，放到眼前張開一看，屏住呼吸。

是一枝鈷藍色的蠟筆。

手中的藍色反射著淡淡的光芒，像是在表達「你總算想行動了啊」。

我不記得回老家時將它放進了口袋，是下意識這麼做呢——還是蠟筆真的自己離家出走，剛剛才回來？無論如何，我已經沒有理由再逃避。

「石川，謝謝妳，我去去就回。」

我簡短地向她道謝，套上帆布鞋，衝出玄關。

我奔跑著。

奔跑著。

奔跑。

夜風吹來的櫻花花瓣，輕撫我的臉頰，飄向背後。剛才的花瓣是從那棵櫻花樹飄落的嗎？是最後一片花瓣嗎？我祈禱著，希望櫻花還不要謝光。

從家裡到正門的最短距離，徒步也要花將近十五分鐘，我用跑的，應該花不到十分鐘吧。

即使如此，看見櫻花樹後還是自然提高速度。這麼晚了，四下無人的櫻花樹下堆積了許多花瓣，花瓣已經幾乎謝光了，但樹枝上仍然殘留一部分的花朵，就像點上零星的櫻花色顏料一樣。

櫻花樹下空無一人。

我氣喘吁吁地環顧四方，但除了如小型風滾草般在地面滾動的花瓣外，沒有其他會動的東西。

也許真的是七大不可思議吧。

我上氣不接下氣，怔怔地想著：

我擅自斷定她就是淺井千尋，但真的有那個女生存在嗎……

「……矢神？」

我心跳加速。

慢慢回過頭。

看見了「她」。

長大成人，還殘留著幼時面貌的她。

我想像過千百次長大的千尋。

她烏黑的長髮和白皙的肌膚絲毫沒有改變——兩人四目相交後，我反射性地移開視線。

「呃……」

「啊，對不起，我認錯人了嗎……」

「沒有，妳應該沒認錯，我是矢神，矢神耀。」

我無法得知她的反應，因為我還不敢看她的臉。但是我聽到她大聲吸氣的聲音，並且強烈感受到她深思熟慮、欲言又止的心情。

「我……是千尋，淺井千尋。」

「……嗯，我想也是。」

我不敢和她對視，看著一旁回答。

「哇啊，那你真的是矢神啊……你長高了呢，幾公分？」

「一百七十五……」

「比我高十五公分耶……」

這是什麼對話啊？

好久不見了，不對，何止好久，是十多年沒見了，為什麼我得瞥開視線跟妳聊我的身高啊。

「感覺好害羞喔。」

千尋發出笑聲，聲音跟當時一模一樣。

「你是什麼時候收到信的？」

我一時之間沒反應過來她指的是什麼信，後來才想通她是在說時光膠囊。

「……去年的五月吧。」

「這樣啊，所以去年才沒見到面呢。」

她認為只要我早點收到，就一定會去見她，我對這件事感到莫名地內疚，更不敢抬起頭了。

「矢神，這個。」

她的手突然伸到我眼前。

白皙的小小掌心中，放著一枝櫻花色色鉛筆，宛如飄落在雪地上的櫻花花瓣。

我將手伸進口袋，遞出變得短小的鈷藍色蠟筆後，聽見她的笑聲。

「你果然還留著。」

我終於抬起頭，與千尋面對面。

心臟好似快要破裂。

啊啊，果然是妳。

境和石川所說的話，我現在似乎全部都理解了。

——喜歡就是想每天見到對方，想聽到她的聲音……看到她跟別的男生說話會吃醋之類的，不就是這樣的感情嗎？

——跟那個人在一起很開心，會心跳加速。會在意對方的一舉一動，想要了解對方的一切。想見對方。不想被對方看見自己難堪的一面，希望對方看見自己可愛的一面。還有，最重要的一點——腦袋想的全是那個人的事。

沒錯，我一直很想念千尋，想看到她的臉，想聽到她的聲音，擔心她是不是已經有了男友。跟她在一起會心跳加速，緊張得不敢看她的眼睛，但我想要了解現在的她。不想讓她知道過去懦弱的自己，希望她看見我畫畫的技巧變得遠比以前還要好。

然後，我無時無刻都在想著她。

我喜歡她，我最喜歡淺井千尋了。

「你終於肯看我了。」千尋莞爾一笑。

「以前總是直勾勾盯著我看的男孩，變得靦腆了呢。」

我也跟著她笑了，終於能綻放出笑容了。

＊

矢神耀先生：

你好嗎？據說十年後你已經成為高中二年級生。我完全不知道未來會是什麼模樣，

你成為了一個怎樣的高中生呢？

現在還在畫畫嗎？小學一年級的我，以後想讀小山丘美術大學。十年後也是一樣嗎？如果是的話，我想拜託你一件事。

你還記得淺井千尋嗎？

你還記得自己跟她吵架了嗎？

搬家的事很早就決定了，但我卻一直說不出口，拖到最後才說出來，結果千尋就不再跟我說話了，你還記得嗎？當時我沒有把她的蠟筆還給她，就帶回家了。

小學一年級的我馬上就要搬離小山丘，要是我無法鼓起勇氣跟她道歉，我想拜託十年後的我一件事。

千尋一定會來小山丘美術大學，所以，到時候請把蠟筆還給她，然後，希望你代替我為那天的事向她道歉。

*

「抱歉。」

櫻花樹隨著夜風搖曳，沙沙作響。

將僅剩的花瓣吹散到春末的天空。

「當時，我說不出我要搬家的事。」

「不會，我才要道歉，擅自拿走你的鉛筆。」

我從她白皙的手掌上拿起櫻花色色鉛筆，然後把鈷藍色的蠟筆輕輕放在她的掌心。

變得短小的蠟筆，仍然在她的掌心上呈現出鮮豔的春季天空之藍。

「變得好小喔。」

「抱歉，不過不是我用掉的。」

「沒關係，蠟筆會融化嘛。我反而要謝謝你……就算變得這麼小，還是好好保存著它。」

她的眼睛是不是有些濕潤？

我發現她微微低著的頭上，黏著粉紅色的碎片，於是我伸出手。手指輕輕碰到她的頭後，千尋反射性地抬起頭向後仰。

「怎、怎麼了？」

「這個。」

我面帶笑容，給她看我食指和大拇指捏著的東西。

「黏到妳頭上了。」

是櫻花花瓣，大概是從上方飄落下來的吧。幾乎一朵櫻花都不剩的櫻花樹，所飄落的最後一片花瓣。

千尋瞪大雙眼，突然嘻嘻笑了出來。

「怎麼了？」

「沒什麼，只是想起以前也曾發生過這樣的事。」

然後她戲謔地抬起視線說：

「你的指甲，跟櫻花的顏色一樣。」

完

後記

我本來預計要寫的是以時光膠囊串連而成的懸疑故事，卻不知為何，寫成了一部時隔十年，充滿悔恨糾結的青春戀愛小說。但是就結果而言，我覺得這部作品很有自己的風格。

基本上，我平常大多被登場人物搞得焦頭爛額，但這次登場人物反而成為我寫作的航海羅盤。當時我靈光一閃，想著——若是有一天自己突然收到時光膠囊的話會如何？於是立刻將故事從懸疑方向二百七十度大轉向，但因為只憑直覺就將船駛向沒有航海圖的地方，結果當然是航行困難，漫無目的地這邊晃一晃，那邊逛一逛，但每次登場人物都會指引我方向，最後才好不容易抵達預定的地方，大概就是這種感覺。謝謝你們，不過，只有藺居族少女比較棘手。

話說回來，據說現在的小學大多沒有通訊錄。搞不好閱讀本作的讀者中，也有人會疑惑「通訊錄是什麼？」我經歷過手機還是黑白螢幕，打電話約朋友玩都是打家裡固定電話的那個年代。最先接觸到的電話是黑色轉盤電話，如此想來，現在這個時代真是厲害，只要用智慧型手機統一發LINE聯絡就好……二十年前有點難以想像呢。

我打開腦海裡的時光膠囊，一邊想起各種懷念的事情一邊寫作。最近歲數也長到了漸漸會說出「這十年來的交情」這類的話，感覺既開心又感傷……各位的十年前又是怎樣的年代呢？

二〇一六年　五月　天澤夏月

以朋友的死亡開始的痛苦暑假，
我們在幽靈的引導下，踏上旅程——

然後，沒有你的九月來臨了

天澤夏月／著　陳盈垂／譯

高二那年夏天，惠太死了。和惠太總是形影不離的美穗、大輝、舜和莉乃深受打擊，茫然自失地開始放暑假。假期中，長得跟惠太一模一樣的少年——惠，出現在美穗眼前，拜託他們前往惠太死去的地點。美穗等人雖感到困惑，但仍沿著惠太的足跡踏上他死前的旅程。在旅程盡頭等待他們的，是令人意外的結局，與感傷的再會。

定價：NT$280/HK$85

輕文學
Light Literature

「傳一封空白郵件到這個網站，就能知道朋友的真心話。」
不可思議的「真心話郵件」，動搖了2男1女的心……

青春期超感應

天澤夏月／著　古曉雯／譯

好學生大地、容易得意忘形的學、以及大剌剌的女孩翼組成「回家社團三人組」。他們自然而然地聚在一起，悠閒地度過無數時光，是相處起來很舒服的朋友。但是，在夏日祭典那一晚，因為好玩而登錄的網站寄來一封信，裡面寫著翼的戀愛真心話。知道翼的心情後，三人之間的距離改變了……

定價：NT$300/HK$90

國家圖書館出版品預行編目資料

致十年後的你 / 天澤夏月作 ; 徐屹譯.
-- 初版. -- 臺北市 : 臺灣角川, 2017.07
面 ;　公分
譯自 : 拝啓、十年後の君へ
ISBN 978-986-473-765-9(平裝)

861.57　　　　106008462

輕文學 Light Literature

致 十年後的你

原著名＊拜啓、十年後の君へ

作　　者＊天澤夏月
插　　畫＊loundraw
譯　　者＊徐屹

2017年7月25日　初版第1刷發行
2024年7月5日　初版第8刷發行

發 行 人＊台灣角川股份有限公司
總　　監＊呂慧君
總 編 輯＊蔡佩芬
主　　編＊李維莉
設計指導＊陳晞叡
美術設計＊邱靖婷
印　　務＊李明修（主任）、張加恩（主任）、張凱棋、潘尚琪

台灣角川

發 行 所＊台灣角川股份有限公司
地　　址＊104台北市中山區松江路223號3樓
電　　話＊（02）2515-3000
傳　　真＊（02）2515-0033
網　　址＊www.kadokawa.com.tw
劃撥帳戶＊台灣角川股份有限公司
劃撥帳號＊19487412
法律顧問＊有澤法律事務所
製　　版＊尚騰印刷事業有限公司
I S B N＊978-986-473-765-9